2025 제2회 림 문학상 수상작품집

일러두기

- 본 소설집은 작가별 원고의 특성을 가능한 한 살려 편집했습니다.
- 맞춤법은 국립국어원의 원칙을 따랐으나 작품 뉘앙스에 영향을 주는 일부 표현은 그대로 살렸습니다.

차례

6	대상	옥채연 오카리나
42	가작	안덕희 곰이 아들을 먹었어요
64	가작	오재은 목요일의 집
94	가작	전예진 한강숙이 용
132	가작	정희웅 문콕

162	심사평	소영현 문학평론가
166	심사평	안보윤 소설가
169	심사평	염승숙 소설가·문학평론가
172	심사평	성현아 문학평론가

대상

옥채연

오카리나

1

아쿠아리움에 간 것은 그날이 처음이었다. 그것을 거대 수조나 어항이 아닌 아쿠아리움, 그런 말로 부른다는 것도 처음 알았다. 학교에서 멀고 집에서부터는 더 멀리 있었다. 버스를 타고 가는 동안은 졸렸다. 달그락거리는 도시락통을 허벅지 사이에 끼우고 오는 잠을 가만 내버려두었다. 창밖엔 나무 나무 나무 나무 십자가 나무 갑자기 엄청 커다란 하늘…… 또 나무.

버스 맨 앞자리와 맨 뒷자리는 멀었지만 그 애 웃는 소리는 뜀박질처럼 곧장 내게 다가왔다. 살짝 열어 둔 창문으로 비집고 들어오는 둥그런 커튼 같은 웃음. 어깨를 가볍게 밀치는 듯 웃음. 턱을 넘을 땐 조금 오르락내리락도 했다. 울 때 떠는 버릇이 있는 사람의 횡격막같이. 그러나 나는 그 애의 웃음과 울음을 구분할 줄 안다.

옆 반에 전학 왔다는 예쁘장한 여자애에 관한 이야기를 처음 들은 건 영어 교과서 귀퉁이에 커다란 가슴을 낙서하고 있을 때였다. 머리통보다 큰 왕가슴이 점점 부풀어 둥실둥실 떠오르다가 풍선처럼 펑 하고 터져 버리는 만화. 책 검사가 있는 날인 줄은 몰랐다.

교실에서 내쫓기고는 몰래 바깥으로 나갔다. 봄의 모래바람이 아이들과 구분 없이 뒤엉키던 운동장이었고 내 자리는 구령대 계단 넷째 줄. 치마 아래 덧입은 체육복 주머니에는 왠지 모를 크림빵 반쪽이 들어 있었다. 아직 나쁘지 않았다. 샌들 위 발가락 사이로 일본왕개미들이

바쁘게 오갔다. 어디선가 풍겨 오는 단내를 찾는 듯
더듬이들이 두리번거렸다. 나는 크림은 조금 흘려도 빵
조각을 떨어뜨리지는 않았다. 개미들은 노력했으나 붙들려고
할수록 그것은 사라졌다. 크림이라는 것을 이해할 수는 없다.
나도 자주 겪는 일이었다.

  교복 위에 체육복을 덮고 쪼그려 앉은 여자애들 가운데 그 애가 있었다. 그 애는 두런두런 이야기를 나누다가, 자리에서 일어나더니 수돗가로 달려가 콸콸 물을 틀고 세수했다. 나는 윗입술과 아랫입술만으로 크림을 핥아 내며 그 애 목덜미를 타고 흘러내리는 물방울들을 보았다. 동그랗고 미끄럽고 요란스러운 모양들. 금방 제자리로 돌아간 그 애는 다시 아무 일 없던 것처럼 두런두런 까르르 놀기 시작했다……가, 또 세수하러 갔다. 다시 두런두런 까르르 세수, 두런두런 까르르 세수. 반복.

  무슨 지랄이야…….

  나는 생각했는데 그러기를 여덟 번쯤 반복했을 때 그 애가 울고 있다는 사실을 알아챘다. 그러니까 자습 시간, 연필 굴리는 소리도 부끄럽게 느껴지는 조용한 교실에서 갑자기 아랫배가 빵빵해지며 방귀가 마려울 때 말이다. 아무도 알아챌 수 없게끔 엉덩이를 비스듬히 들고 조금씩 나누어 가스를 흘려보내듯이, 정말 그런 방식으로 그 애는 울고 있던 것이다.

  나는 그 애에게 호기심이 생겼다. 저렇게 예쁘게 생긴 애가 부끄러움에 대해 잘 알고 있다니. 흥건하게 젖은

얼굴과 머리카락이 햇살 아래 반짝이고 있었다. 목을 더 길게 빼고 보려고 했을 때는 어지러운 기분이었다. 단지 기분이 아니었다는 걸 알게 된 건 몇 초 뒤의 일이었다. 먼 곳에서 슛— 하고 축구공이 날아와 골— 하고는, 내 머리를 후려갈겼다. 어지럽게 돌아가는 바닥에서 고개를 들자 그 애는 없었다. 종소리가 들렸다. 수업 시간이 끝났다는 뜻이었다.

 영어는 그 대왕 가슴이 자신이란 사실은 눈치 못 챈 것 같았지만, 나는 수업 시간에 한심한 짓을 한 죄로 방과 후 화장실 청소를 맡았다. 아무리 열심히 걸레질을 해도 누군가 들어왔다 나가면 다시 지린내가 풍겼다. 그때 오줌을 싸고 간 사람 중 그 애가 있을지도 모른다고 생각하면, 손바닥이 축축해졌다.

 아쿠아리움에 도착해서는 두 반이 짝을 지어 이동했다. 반마다 한 명씩이 남아 앞 반 마지막 번호와 뒤 반 첫 번호가 함께 다니게 되었다. 나는 키가 제일 작아 일 번이었고 그 애는 전학생이어서 끝 번. 에스컬레이터를 탈 땐 손을 잡고 안전하게 이동해요. 영어가 멀리서 늙고 뚱뚱한 목소리를 쥐어짜 외쳤다. 그 애가 내 허술한 주먹 속에 가느다란 손을 밀어 넣을 때 나는 바쁘게 딴생각을 해야만 했다. 천장이 높다. 바닥은 깨끗해. 해파리 모형들. 저 불빛은 어떻게 파랄까? 그러니까 화장실과 그 애를 동시에 떠올리지 않으려면 말이다.

오카리나

그 애와 어울려 노는, 키 크고 각기 다른 꽃향기가 나는 애들의 무리는 조금 앞에 떨어져 있어서 이따금 우리와 나란해졌다. 나는 좋은 방법을 떠올렸다. 다리가 아파지는 것. 커다란 가오리들이 날 듯 헤엄치며 머리 위로 그림자를 드리우는 푸른빛 터널에서였다. 그 애는 속도를 줄이거나 잠깐씩 멈춰 서면서 내 절뚝거리는 걸음에 발을 맞췄다. 그러다 보면 우리는 자연스레 모두에게서 멀어질 수 있었다.

우리가 속해야 하는 대열이 개미 떼처럼 줄지어 먼 곳으로 빠져나가자 그 애는 시큰둥한 표정으로 주위를 둘러보며 혼잣말하기 시작했다. 재미없다. 멍청한 물고기들. 가오리 저게 뭐야, 생리대 같아. 그러다 별안간 나를 휙 돌아보았다. 너도 생리해? 나는 고개를 저었다. 아직이었고 사실이었지만 그 애의 표정을 본 뒤엔 짧게 후회했다.

아…… 존나 지루하다.

머리 위로 드넓은 어둠이 지나가는 순간. 그건 짧은 시간이었고 대부분은 푸르고 영롱하게 빛이 났다. 눈꺼풀 위로 젖은 속눈썹이 덮였다 거둬지는 것처럼.

근데 왜 그렇게 느린 거야? 그 애가 물었다. 나는 고개를 떨궈 아래를 보았는데 그게 신발을 보려던 건 아니었다. 하지만 그 애는 그렇게 보았다.

너한테 너무 큰 거 아냐?

발을 전 것도 그런 이유에서가 아니었지만 신발이 큰 건 맞았다. 엄마는 어디선가 새것처럼 모양이 괜찮은 헌 신발을 받아 와 내게 신겼다. 그러고는 이상하다 왜 이번엔 신발이

옥채연

너무 작지? 너 자꾸 발이 커졌다 작아지나 봐. 골똘해졌다. 나도 그게 궁금했다. 매일 아침 침대에서 빠져나올 때마다 내가 밤새 갑자기 너무 많이 부풀어 오르거나 쪼그라들었다고 느꼈다. 허벅지가 팽팽하게 간지럽거나 출렁출렁했다.

너 그냥 업힐래?

그 애가 나를 내려다보았다.

우리는 새파랗게 일렁이는 유리 사이를 걸었다. 정확히는 걷는 건 그 애뿐이었고 나는 가오리 등의 빨판상어처럼 매달려만 있었지만. 그 애는 길게 뻗은 튼튼한 종아리를 가졌다. 운동화는 새것 같았는데 뒤축을 구겨 함부로 신었다. 나는 뒷덜미가 뻐근하게 아팠다. 뺨을 떼기 위해 노력 중이었다. 머리카락은 너무 부드러웠다. 그 애의 걸음에 맞춰 흔들리는 동안 어쩐지 아주 오래전에 이런 경험을 해 본 적 있는 것 같다는 생각이 새록새록 내 몸을 감쌌다. 이유는 알 수 없지만, 한…… 일억 년 전 옛날에.

얼마 가지 않아 그 애가 내게 명령했다.

내려.

우리가 멈춰 선 곳은 맨 처음 출발했던 그 자리였다. 아무래도 길을 잃었나 봐. 그 애가 단상처럼 된 의자를 깔고 앉아 멋대로 내 도시락을 꺼내는 동안은 숨을 골라야 했다. 빠른 심장이 계속되었다. 나는 가정해 보았다. 높이서 공을 떨어뜨린다면, 얼마간 튀어 오르다가 천천히 잦아들어야 할 텐데, 이내 가만한 공이 되어야 할 텐데. 나는 내 심장이 적어도 공 모양은 아니라는 사실을 깨달았다.

그 애는 배가 고프다고 말했다. 나는 내가 줄 수 있는 모든 것을 건네주었다. 도시락과 어린이용 숟가락포크 말이다.

근데 너 지금 뭐 하는 거야?

고개를 들었을 때 그 애가 나를 향해 칼처럼 겨눈 숟가락포크가 보였다. 그 애는 입을 다문 채 질겅질겅 무언갈 씹었다. 동그랗게 솟았다가 순식간에 가라앉는 턱. 나는 식전 기도를 하고 있었다.

너 하나님 믿어?

나는 고개를 끄덕였다. 그리고 후회했다. 그 애는 대충 웃었다. 신이 있다고 생각해, 정말?

너 바보야?

솔직히 나는 종종 내가 엄청난 바보라고 생각하기도 했다. 나는 자주 음식을 흘리며 먹었고 시험을 보면 가끔만 정답을 맞혔고 다른 어른들이나 애들이 나누는 대화에도 거의 끼지 못했다. 무슨 말인지 알아들을 수 없어서였다. 대신 자꾸 다른 곳을 올려다보거나 내려다봤다. 그런 걸 열심히 했다. 엄마는 어릴 적에 몇 번 나를 데리고 병원에 갔다. 나중에는 교회로 갔다. 두 번 다 아무것도 나아지진 않았지만, 어쨌거나. 어쩌면 나랑 엄마만 그렇게 생각하는 게 아니라 남들 눈에도 내가 그렇게 보이지 않을까 생각한 적도 있는데, 정말로 그것을 내게 소리 내어 말한 건 그 애가 처음이었다.

그럼 너 사람이 죽으면 천국 같은 데도 간다고 생각해?

그건 생각해 본 적이 없었다. 아직 아는 죽은 사람이 없었다.

유령도 있다고 생각해?

그런 생각은 해 본 적 있었다. 가끔 아무것도 없이 평평한 바닥을 걷다가 자빠지면 말이다. 혹은 재채기가 멈추지 않을 때, 딱 한 번 들어 본 노랫말이 징그럽게 나를 따라다닐 때. 가만히 있다가 혼자서 슬퍼지기 시작하는 사람을 볼 때. 거기엔 무언가 이유가 있지 않을까 생각하기도 했다. 그 애는 숟가락포크를 빙글빙글 돌리며 말했다. 무언가 휘감기지는 않고 바깥에서 맴돌았다.

사람이 죽는다고 다 유령이 된다는 건 이상해. 죽는 사람은 끝도 없이 생기는데 지구는 그만큼 크질 않잖아. 만약 그렇다면 세상은 병 속의 피클처럼 꾹꾹 눌러 담긴 유령들로 가득 차 있게.

안 그래? 하고 그 애가 나를 보았다. 입술 오른쪽 아래 조그만 갈색 점이 있었다. 나는 그 애가 얼굴을 그만 들었으면 했다. 그러면 대답을 하기가 너무 어려웠다.

거기다 사람만 유령이 된다는 것도 웃겨. 누구는 개나 고양이까지는 유령이 될 수 있다고 하고. 그게 뭐야. 불공평하잖아. 그럼 당나귀는? 햄스터는? 금붕어는? 초파리는?

아니 그 전에 왜 티라노사우루스 유령은 없는 건데?

그 애는 별안간 밭은기침을 했다. 물을 건네주려 생수병의 까끌까끌한 뚜껑을 붙잡은 순간, 가까운 곳에서 땅이 울리는 듯한 진동이 전해졌다. 이것도 심장의 문제일까? 그러기엔 의자 아래 두 발이 대롱대롱 흔들렸다. 지진이야. 그 애는

오카리나

침착하게 말하며 손등으로 입가를 두드려 닦았다. 얼른 들어가. 의자 밑을 가리켰다. 그 애의 손끝에 고요하고 안락해 보이는 먼지 구덩이 방공호가 있었다.

하지만 아무 일도 일어나지 않았다. 근처에서 코치를 따돌린 유소년 축구단 한 무리가 이쪽으로 우르르 뛰어왔던 것뿐이었다. 그 애는 몸을 구긴 나를 보고 목을 꺾어 가며 웃었다.

너 정말 바보다.

그날 그 애 말의 요는 그러니까 그럴 거면 유령은 공평하게 다 없어야 한다—라는 것이었겠지만. 몇 번의 계절이 지난 뒤 그 애가 내가 아는 최초의 죽은 사람이 되었을 때 나는 그 이야기들을 차근차근 다시 떠올렸다. 반 애들과 몰려갔던 장례식의 빼곡한 신발장에서나 아무도 남지 않은 교실을 새카맣게 비추는 텔레비전 앞에서, 실내화 가방을 휘두르며 집으로 돌아가는 길에, 준비 없이 맞닥뜨린 흙탕물 웅덩이, 그 지저분한 따스함 속에서.

나를 에워쌌던 생각들이 버스 차창 밖 풍경처럼 순식간에 내 몸을 지나쳤고 마침내 그 모든 것이 작은 점이 되어 멀어졌다고 생각한 어느 날, 갑자기 내 앞에 티라노사우루스 유령이 나타났다.

꼬꼬. 하는 소리를 내며.

2

이런 이야기를 들어 주는 사람은 일단 둘 정도 있었다. 하나는 이제 거의 만삭이 다 되어 가는 보건 선생님. 그녀는 학교에 머무는 시간 대부분 홀인원 직전의 골프공처럼 비스듬히 앉아 나른하게 졸았다. 나는 자주 넘어지거나 바깥 어딘가에 몸 어딘가를 박아 퉁퉁 부어오른 채 선생님께 갔다. 그러면 그녀는 아름다운 꿈결에서 아직 헤어나지 못한 듯, 흰 가운을 목욕 타월처럼 추스르며 내 무릎을 어루만졌다. 피가 흐르는 건 반대편이었지만 나는 가만히 있었다. 그렇게 있으면 그쪽이 아픈 것도 같았다.

요즘은 어떠니? 선생님의 상냥한 목소리가 내 헝클어진 머리칼을 귀 뒤로 넘겨 주었다. 간지러웠다. 요즘이라는 것이 언제부터 언제까지를 말하는 건지 알 수 없었지만 나는 좋아요, 대답했다. 그 질문은 그냥 안녕 같은 말이었다. 앞사람부터 뒤로 돌려 하고 전달된 가정 통신문의 잿빛 파도처럼 무감하게 우리 주위를 넘실대는 말이었다. 그 애가 죽은 뒤로 말이다.

커튼이 둥글게 부풀어 나와 선생님 사이를 침범했다. 선생님이 가지런한 대문니를 드러내며 쿡쿡 웃었다. 이제는 또 봄이었다. 화단엔 개나리가 가득했고 어디서든 달큰한 냄새가 쉼 없이 밀려 들어왔다. 탐지견처럼 코를 씰룩이며 서성이던 애들은 결국 하나같이 개나리에 얼굴을 처박았다. 하지만 개나리는 아니었다.

걔는 잘 있니? 선생님이 노란색 사탕 한 알을 입속에 굴려

넣으며 물었다. 바나나일까? 망고? 하나를 더 꺼내 내게 주었다. 레몬이었다. 나는 작게 난 창 너머 복도를 손으로 가리켰다. 저기서 기다린대요. 너무 커서 못 들어와요. 별안간 선생님의 눈이 동그래지더니 혼자서 또 한 번 웃기 시작했다. 그렇네, 정말. 너무 웃어 버린 나머지 선생님의 볼 안에 갇혀 있던 사탕이 수박씨처럼 투 튀어나왔다. 어딘가 구석으로 굴러가 보이지 않았다.

지난겨울엔 학교의 애들 모두가 돌아가며 이 동글납작한 의자에 앉아야 했다. 마구잡이로 물감을 뿌린 뒤 반 접었다 편 것 같은 그림을 보고 그게 무엇인지를 맞혔다. 내가 가오리, 아니 생리대요, 말하면 선생님은 무언가 메모했고 심각한 표정으로 다음 카드를 내밀었다. 사실 무엇으로도 보이지 않는 그림들이었다. 그냥 엎질러진 콜라 같았다. 아니면 뿌직 나온 케첩. 나는 다른 이야기를 하고 싶었다. 그 애에 관해서라면 하고 싶은 이야기가 많았다.

아니면 꼬꼬에 대해. 꼬꼬는 티라노사우루스였고 파란색이었다. 꼬리가 뚱뚱하고 앞발은 짧았다. 꼬꼬가 내 앞에 나타난 건 그 애가 죽고 석 달쯤 후의 일이었다. 봄. 대청소와 체육대회와 팔 벌려 뛰기의 계절. 올해 체육대회는 전년보다 조금 울적한 음악으로 열렸지만 아이들은 눈치채지 못한 것 같았다. 비가 오는 편이 더 효과적이었을지도 모른다.

체육대회 같은 것엔 흥미가 없었다. 나는 내 몸과 그다지 친하지 않았다. 반 대항 피구 경기에서는 머리에만 공을 네 번 맞았다. 운동장이 팽팽 돌았는데 아웃일 수는 없었다.

그러니까 머리라서. 머리는 몸으로 치지 않는 걸까? 이해하기 힘든 사실이었다. 세 번째로 내 머리와 공이 충돌했을 때는 하늘이 회전했다. 심판이 경기를 중지하고 나를 종량제 쓰레기봉투처럼 끌고 나가고야 나는 바닥에 누운 내 몸을 알아챘다. 체육은 흙 묻은 내 머리카락을 마구 털고는 선 안으로 나를 다시 밀어 넣었다. 그런데, 그런데요, 선생님. 나는 호루라기 전에 재빨리 질문했다.

머리는 몸이 아니에요?

내려다보는 체육의 입에 이미 그 무자비한 시작이 물려 있었다. 침을 떨어뜨리지 않으려 고개를 들면서 그녀는 말했다. 뭐…… 좋은 거 아냐?

어쨌든 살아 있는 거잖아.

호루라기.

그리고 몇 초도 지나지 않아 또 한 번 눈앞으로 공이 날아왔다. 이젠 차라리 죽여, 하는 마음으로 몸을 활짝 펼쳐셨을 때, 수돗가에 선 그 거대한 공룡을 본 것이다. 호스 밸브를 못 열고 있었다. 휘적휘적. 두 개의 앙증맞은 발가락이 달랑거렸다. 온몸을 내던졌음에도 난 또 죽지 못했다. 이번엔 상대 팀에서 선을 밟았다고 했다.

보건 선생님도 처음부터 꼬꼬에 관심이 있던 건 아니었다. 선생님은 내 과대망상과 허언을 주의 깊게 듣는 게 태교에 나쁜 영향을 줄 거라 믿는 눈치였는데, 언제부턴가 환상적인 동화를 아이에게 읽어 주는 일과 별반 다르지 않다는 걸 깨달은 것 같았다. 그러니까 『해리 포터』 같은 거. 그러나

오카리나

꼬꼬는 대단한 능력 따윈 없었고 단지 좀 커다랬다. 그리고 자꾸 날 쫓아다녔다.

　어제는 너무 힘든 일이 있었어요.

　내가 털어놓았다. 선생님이 수심 어린 눈빛으로 눈높이를 맞추었다.

　성교육 시간이었는데, 강사가 살색 고무 고추 모형에 콘돔을 씌우는 걸 우리에게 보여 주고 있었고요. 근데 꼬꼬가, 환기 때문에 열어 둔 창문으로 머리를 불쑥 들이밀고선, 입을 크게 벌려서 강사 머리를 집어삼키는 거예요.

　선생님의 얼굴이 조금 부풀어 올랐다. 나는 차분히 말을 이어 갔다.

　그런데 선생님도 아시다시피, 꼬꼬는 반투명하잖아요. 그래서 그 모습이 마치, 성교육 강사가 하나의 커다란 고추고 꼬꼬가 거대한 콘돔이 된 것처럼…….

　더는 참을 수 없다는 듯 선생님의 웃음이 터졌다. 개나리가 폭발하는 것처럼. 나는 뺨과 이마에 튄 침을 문질러 닦으며 울적하게 말을 마쳤다. 저도 그렇게 참을 수가 없었어요.

　다른 하나는 과학이었다. 그는 우리 학교에 남은 유일한 남자 선생으로 키가 크고 재수가 없었다. 얇은 은테 안경을 즐겨 썼고 그것과 어울리는 날렵한 인상에 애들에게 인기가 많은 편이었지만, 역시 재수가 없었다. 나는 그가 마음에 들지 않았다. 그를 찾은 건 단지 달콤한 잠에 다시 빠져들고 싶었던 보건 선생님이 나를 부드럽게 내쫓았기 때문이었다.

공룡이라면 과학 선생님이 잘 알지 않겠느냔 말이었다.

과학실은 사 층 복도 맨 끝에 있었다. 한쪽에 큰 창이 나 있었는데 해가 지는 방향이었다. 수업이 모두 끝날 시간쯤엔 주황빛 칼에 깊숙이 찔린 것처럼 주위가 흥건했다. 과학은 말끔해 보이는 타일 바닥을 빗자루로 쓸다가 고개 들어 날 봤다. 어…… 왔니. 말에는 고저가 없었다. 젊은 남자인데도 무슨 말을 할 때든 배 나온 교감처럼 음, 어, 하는 지겨운 추임새로 입을 뗐다. 길게 자란 뒷머리를 긁다가 말했다. 음…… 나 담배 피우러 갈 건데, 같이 갈래.

산을 깎아 지은 학교는 소름 끼치도록 경사가 가파른 언덕을 끼고 있었다. 눈이 많이 내린 겨울이면 위에서 밧줄을 내려 줬다. 내려갈 땐 실내화 가방을 엉덩이에 깔고 썰매처럼 탔다. 과학과 나는 그 언덕을 터벅터벅 걸어 내려와 아래에 있는 교직원용 주차 구역에 도착했다. 아직 가지가 앙상한 은행나무 뒤편에 삼각플라스크가 숨겨져 있었다. 안에 태우고 남은 담배가 가득했다. 과학이 피우는 담배는 희고 얇았다. 연기에서 차가운 냄새가 났다. 나도 따라 길게 숨을 내쉬었다. 꼬꼬 이야기였다.

그러니까 꼬꼬란 거구나. 그가 담배를 끼운 손으로 콧잔등 위 안경을 올렸다.

닭처럼요.

그건…… 하고 과학은 잠시 말을 멈췄다. 잠시 연기. 하나의 입으로 동시에 두 가지를 해내야 한다는 건 분주해 보였다.

타당하게 들리네.

공룡은 성대 근육이 없거든, 새처럼. 음, 그러니까 조류는 사실 공룡의 일종인데……. 과학이 주절거렸다. 나는 괴로워졌다. 차라리 어디선가 날아온 운석 같은 공에 머리통을 맞는 게 나을 듯했다. 아니면 내가 우스꽝스럽게 우는 티라노사우루스의 유령을 보는 게 어린 시절 닭 때문에 생긴 트라우마 탓이라는 보건 선생님의 진단을 듣고 있거나.

  그런데 지금도 있니? 그러니까 여기에. 과학이 주위를 두리번거렸다. 꼬꼬는 그의 뒤에 서 있었다. 다만 이쪽으로부터 등을 지고 우두커니 있었고, 덩치에 가려져 어딜 보는 건지 알 수 없었다.

  보세요. 직접.

  과학은 뒤를 돌았다. 나는 손가락을 들어 꼬꼬의 시야 너머를 가리켰다. 그러니까 멀리서 뒷짐을 지고 다가오던 교감을 보라고 한 것은 결코 아니었다.

  나는 그날 과학의 비밀 플라스크를 함께 들킨 죄로 화장실 청소를 한 달 더 했다. 과학보다는 나았다. 그는 매일 방과 후 교무실에 남아 금연 교육 캠페인 영상을 뚫어지게 봐야 하는 벌에 처했다. 멍청한 폐 모양 종이 인형이 그를 가르쳤다. 나는 종종 물걸레를 힘껏 짜서 말린 뒤 집으로 돌아가며 창문 너머 그를 구경했는데,

  담배 존나 피우고 싶다는 표정이지?

  꼬꼬.

  슬슬 꼬꼬와 대화가 통하기 시작했다.

개나리가 지고 나면 철쭉이다. 그렇게 예쁘게 나눠떨어지는 공식이라면 속이 편하겠지만, 대체로는 지리멸렬, 잠깐, 내가 어떻게 이런 어려운 말을 알지? 그러니까 얼렁뚱땅 모든 일이 지나갔다. 아이들은 철쭉과 영산홍, 진달래를 멋대로 섞어 불렀다. 한동안 꽃의 머리를 뜯는 일이 유행했다. 꽁지를 빨아 보았을 때 달콤하면 진달래, 쌉싸름하면 철쭉이라는 구분법이 나돌던 무렵이었다. 화단마다 목 없이 서 있는 줄기들이 무성했다.

보다 못한 과학이 점심시간 운동장을 산책하다 말고 암술과 수술의 개수로 두 꽃을 알아보는 법을 일러 준 적이 있는데, 큰 소용은 없었다. 아이들은 꽃에 달린 생식기에 벅찬 호기심과 끔찍함을 한꺼번에 느꼈다. 이제는 머리는 지켰지만 거세되어 버린 꽃들이 남았다.

언제부턴가 학교에 특별 수업 시간이 늘어났다는 사실을 아이들 모두 알고 있었다. 그건 특별하지도 않고 수업이라 부르기도 어중간한 것이었지만. 텔레비전에서 소개하는 온갖 몸에 좋은 음식을 사들여 떠먹이는 부모에게 무심히 입을 벌리듯 아이들은 순순했다.

매주 금요일 교감이 진행하는 강당 조례에서는 다 함께 안 돼요를 외쳤다. 안 돼요. 우리는 그 말이 하나도 어렵지 않고 이렇게 연습하기에도 시시하다는 걸 알았지만 교감의 구령에 맞춰 그렇게 해 주었다. 안 돼요. 아이들은 하나같이 침착했다. 어른들만이 호들갑이었다. 하늘에는 구름이 흘렀다. 바람의 방향을 눈으로 볼 수 있었다.

오카리나

개중에는 아이들이 서로의 선생님과 학생이 되어 무엇이든 가르치는 시간도 있었다. 적어도 한 번씩은 둘 중 하나가 되어야 했다. 내 짝은 휴대폰으로 하는 온라인 게임을 알려 주었는데 내가 도통 정확한 때에 필살기 버튼을 누르지 못하자 나를 껌 붙은 슬리퍼 보듯 쳐다본 뒤 자동 버튼을 켜 주었다. 화면 속에서 내 캐릭터들은 무쌍하게 싸웠다. 아무것도 시키지 않아도 알아서 적을 무찌르고 피 흘리고 마법으로 다친 몸을 치유했다. 이따금 내가 손가락을 뻗으면 이해할 수 없는 순간 게임이 종료되었다.

뭐가 어떻게 된 거야? 내가 묻자,

뭐긴 뭐야, 죽은 거지. 짝은 몸집이 산만 한 적의 배에 창을 꽂으며 대답했다.

나는 신발 끈이 풀리지 않도록 묶는 법을 설명해 주었다. 언젠가 누군가 내 앞에 무릎을 꿇은 채 가르쳐 준 것이었다. 하지만 짝은 이미 모든 걸 알았다. 나는 누군가를 가르치는 데는 재능이 없다는 사실을 이해했다. 그리고 내가 무언가를 이해했다는 사실에 가슴이 조금 부풀어 올랐다. 브라의 와이어가 흉곽을 뾰족하게 조여 왔다.

재능이 없다고 해서 해야 할 일을 미룰 수는 없었다. 꼬꼬에게 가르쳐야 할 것이 산더미였다. 꼬꼬는 여러모로 이 사회에 안 어울렸는데, 그 사실을 꼬꼬가 깨닫고 부끄러워하지 않게끔 태연하게 구는 일이 성가셨다. 숨을 흘려보내듯이. 단소에게 들키지 않도록 스리슬쩍 숨을 흘려보내듯이.

단소가 얼떨결에 소리를 내게끔 하란 말이야.

언젠가 그 애가 한 말이었다. 말하고 그 애는 웃었다. 너 정말 멍청한 표정이다. 하지만 나도 그 표정을 스리슬쩍 지은 것이었다. 그 애가 얼떨결에 웃어 버리게.

어, 바닥에 오백 원. 삼 미터 높이 제한 표지판이 붙은 육교 아래를 지날 때였다. 꼬꼬의 커다란 머리가 바닥으로 푹 꺼졌다가 어리둥절 되돌아왔다. 잘못 봤네. 우리는 그런 식으로 무사히 걸었다.

나는 조금씩 괜찮아지고 있는 것 같았다. 적어도 엄마와 보건 선생님은 그렇게 말했다. 무릎에 붙여 두었던 반창고를 갈기 위해 보건실을 찾았을 때 선생님은 기쁜 목소리로 전해 주었다. 딱지가 앉았네. 나는 내 몸 위에 버섯처럼 자라난 낯선 덩어리를 들여다보았다. 이제 억지로 떼어 내지만 않으면 저절로 다 나을 거야. 나는 덩어리를 믿기로 했다.

3

얼마 뒤 지각 단속을 피해 담을 넘어 들어왔을 때 학교는 어딘가 수선했다. 지난겨울처럼, 운동장이 텅 비어 있었다. 더러운 흙바닥에는 엇갈린 발자국들이 남아 있었다.

허리를 구부리고 교실로 들어가면서 빈칸에 들어갈 알맞은 단어를 찾아내던 영어와 눈이 마주쳤다. 그날따라 그 커다란 가슴이 왜 그렇게 처져 보이는지 모를 일이라고 생각하고 있는데 그녀는 나를 바깥으로 불러냈다. 그리고 얼른 보건실로 가 보는 게 좋겠다고 귀띔했다. 처음 듣는 상냥한 목소리였다.

　죽 뻗은 사다리꼴의 복도를 따라 걷는 동안 꼬꼬가 내게 말을 걸었다. 꼬꼬. 그래 나도 알아. 꼬꼬. 응, 좋겠다는 말이 정말 좋은 일이 아니란 것쯤은 알아. 꼬꼬. 그래 나도 안다니까.

　보건실에는 검은 정장을 입은 낯선 얼굴의 어른들이 서넛 서 있었다. 그 틈으로 보이는 하얀 가운은 보건 선생님인 듯했다. 나는 선생님이 왜 앞으로 나타나 나를 반기지 않는지 궁금했다.

　네가 걔구나.

　가장 뒤쪽에 서 있던 남자가 내게 아는 척을 했다. 그는 오대오로 가르마를 탄 헤어스타일을 하고 있었는데 마치 자보다는 칼을 대서 날카롭게 선을 그은 것처럼 보였다. 그들은 몸을 움직여 자리를 만들었다. 가운데 동글납작한 의자가 놓여 있었다. 지금부터 그곳이 바로 내 자리라는 것처럼. 창문으로 오후의 따스한 햇살이 새어 들었다. 빛이 손을 가져다 댄 부분만 더럽게 때가 타 있었다.

　선생님.

　나는 고개를 돌려 선생님을 찾았다. 보이는 건 산뜻한 레몬색의 스카프까지였다. 꼬꼬가 자기도 안에 들어가 있으면 안 되내요. 심심하대요. 말 없는 스카프가 검은 옷의 벽 너머로 사라지고, 머리 꼭대기에서 오대오의 목소리가 반색했다.

꼬꼬라면, 그 투명한…… 콘돔 괴물을 말하는 거지?

끝을 묘하게 말아 올리는 목소리. 꼭 어디선가 들어 본 적 있는 것 같았는데, 흐릿한 얼굴들이 몇 머릿속을 스쳐 지나갔다. 텔레비전에서 봤나. 반 애들 중 하나인가. 아닌데.

응?

괴물 아닌데.

아니야?

티라노사우루스요.

그래, 그거 말이야. 오대오는 신이 난 것처럼 보였다. 발아래 놓여 있던 식판 모양의 서류 가방에서 두툼한 파일을 꺼내 안을 뒤지기 시작했다. 곧 얼룩덜룩한 그림 한 장이 얼굴 앞에 들이밀어졌다. 너 이게 생리대처럼 보인다고 했지? 활짝. 한순간 눈앞에서 펼쳐지는 우산처럼. 그건 가오리였지만, 어쩐지 내게는 더 반항할 기운이 남아 있지 않았다. 오대오는 지금 이게 무엇을 하는 건지 묻는 내 질문에는 대답하지 않은 채 몇 장의 그림을 더 보여 주었다. 나는 몸통을 조여 오는 답답함 속에서 되는대로 대답했다. 브라자요, 스타킹이요, 넥타이요, 빤쓰요, 고추요……. 기다랗고 울퉁불퉁한 검정 막대 그림이 눈앞에서 사라지고 오대오의 환한 얼굴이 불쑥 나타났다. 그는 내 쪽으로 가까이 휴대폰을 밀며 물었다. 내가 그것을 내려다보자 급하게 화면을 뒤집었는데, 녹음 기능이 켜져 있는 것 같았다.

그래, 그러니까 너는 지금 이게 페니스로, 그러니까 남자 성기로 보인다는 말이잖아?

갈비뼈가 답답했다. 그가 원하는 대로 술술 불고 있다는 생각이 들자 나는 이곳에서 벗어나고 싶어졌다. 영어의 수업을 듣고 싶었다. 낙서도 안 하고, 가슴도 안 쳐다보고, 착하게.

다시 보니까 아니에요.

응? 오대오가 이쪽을 돌아보았다.

이제 보니까, 고추 안 같아요.

그럼?

단소 같아요.

단소? 무슨 단소?

입으로 부는 악기요. 구멍에 입술을 반쯤 대고 스리슬쩍 부는 악기 말이에요.

그는 곤란하다는 듯 중얼거리더니 녹음을 잠시 멈추었다. 재킷 안쪽 주머니에서 수첩을 꺼내 '구멍'이나 '입술'과 같은 단어를 제멋대로 강조해 메모했다. 그런 뒤 허리를 숙여 가까이 다가왔다.

애야, 우리는 널 돕고 싶어. 너뿐만 아니라 이 학교의 친구들 모두. 같은 일이 다시 생기지 않게 하려면 말이야.

그제야 나는 그 말투의 주인을 떠올렸다. 언젠가 내가 화단 청소를 하고 있을 때, 등 뒤에서 다가온 기다란 그림자가 말했다. 잡초를 뽑고 있니? 참 착한 아이구나. 그러곤 흙이 낀 내 손안에서 풀 한 줄기를 쥐어 멀리 던져 버렸다. 내가 막 새로 심은 것이었다.

손을 털며 떠나가는 교장의 뒷모습을 바라보며 흩어진

뿌리들을 주워 모았던 기억을 되새기는 동안 오대오는 바깥을 내다보았다. 미소를 재빨리 붙였다 떼는 재주가 있었다. 그러니까 네가 우리를 좀 도와주면 좋겠어. 그 애랑 무슨 대화를 나눴거나, 어떤 걸 알고 있거나. 오대오는 자상한 목소리로 말을 이어 가다가 잠시 뜸을 들였다. 그 애가 어떤 비밀스러운 이야기를 했다면 빠짐없이 알려 달라고, 그가 설득하는 사이 나는 파일 겉면에 금박으로 새겨진 어쩌구 법무법인 하는 글씨를 눈으로 따라 쓰고 있었다. 안타깝게도 나는 그를 도와줄 수 없었다.

그렇게 하겠다는 거지. 그는 하는 수 없다는 듯 숨을 내쉬더니 자리에서 일어났다. 어디론가 전화를 걸려는 것처럼 몸을 움직였는데, 선생님이 그런 그를 막아섰다. 잠시 복도로 나간 오대오는 전보다 헝클어진 머리카락으로 돌아왔다. 우리 좀 편안하게 해 보자. 검은 정장들은 내 팔을 이끌어 보건실 침대 위에 눕혔다. 나는 그들이 내 몸을 반으로 갈라 어떤 생각을 강제로 뽑아낼 작정인지 궁금했다. 그리고 만약 정말 그런 일이 벌어진다면 꼬꼬가 이 방에 들이닥쳐 보건 선생님을 제외한 이들 모두를 잡아먹어 줬으면 좋겠다고도. 그런 생각을 해 본 건 처음이었다.

하지만 슬프게도 꼬꼬의 커다란 몸을 저 조그만 문에 욱여넣을 순 없을 테다. 혹시 그런다고 해도 그들은 투명한 꼬꼬의 몸을 금방 통과해서 살아 돌아올 거고, 무엇보다 그런 끔찍하고 허무한 광경은 보건 선생님과 뱃속의 아기에게 나쁜 영향을 끼치겠지. 오대오는 내 귓가에 속삭였다. 긴장할 거

없어. 그냥 솔직한 이야기를 하면 돼.

　부끄럽거나 감추고 싶은 기억에 대해서 말이야.

　나는 눈을 감았다. 새카만 앞이 진동하는데 머리의 문제인지 몸의 문제인지 구별할 수 없었다. 한 가지 확실한 건, 오대오의 말처럼 나는 긴장하지 않았다는 사실이었다. 나는 부끄러움이 그런 마음이 아니라는 사실을 잘 안다.

　조금 더 평범한 방식이었다면, 나는 어떤 이야기로 시작했을까? 나는 그 애가 긴 머리를 한 올도 흘리지 않고 꼼꼼하게 땋아 내리는 모습을 알려 주고 싶다. 도톰한 머리카락 틈을 오가는 손가락이 어떻게 꼬여 버리지 않고 유연히 빠져나오는지, 내가 관찰한 그 놀라운 장면에 대해서도 얼마든지 말하고 싶다. 그러나 이건 다른 이야기다. 재미없는 이야기다.

　그날, 책상 서랍에 숙제를 두고 왔다는 사실을 깨닫고 황급히 돌아갔을 때, 교실 문은 이미 잠겨 있었다. 대신 옆 반에서 나지막하고 규칙적인 소리가 들려왔다. 발걸음을 돌려 소리가 들리는 쪽으로 향하자 창가에 걸쳐진 엉덩이가 보였다. 그 애였다.

　나는 그 애의 발아래로 무성한 종잇조각을 보았다. 교과서야. 그 애가 나를 발견하고 스미듯 부드러운 목소리로 말을 걸었다. 그렇게 보이지는 않았다. 막 제초기에 목을 잘린 성성한 죽음이라고 하면 믿을 수도 있을 것 같았다. 이걸 찢을 때 나는 소리가 좋아. 나는 앞으로 걸어가 그 애의 발 앞에 몸을 웅크리고 앉았다. 내가 집어 든 것은 이미 다섯 갈래로 조각난 주기율표였다.

   너도 해. 그 애가 명령했다.

   나는 했다. 과연 그 애의 말처럼 좋은 소리가 났다. 한참 말없이 각자에게 주어진 종이를 찢는 동안, 고개를 들어 그 애의 얼굴을 보지는 않았다. 나는 그 애가 울고 있었다는 걸 알았다. 그 애는 늘 딴청을 피우듯 운다.

   우리 반도 내일이야. 수행평가 준비하려고 한 거지? 그런 일에는 관심조차 없었지만 고개를 끄덕였다. 그 애는 가벼운 몸짓으로 창가에서 내려왔다. 나는 그 애의 가방에서 길고 윤기 나는 나무 막대가 끄집어져 나오는 모양을 보았다. 주름치마. 허벅지가 살짝 드러났다. 그 애는 취구를 대충 문질러 닦은 단소를 내 입가에 들이밀었다. 한번 불어 봐. 맥 빠지는 소리가 났다.

   너 할 줄 몰라?

   나는 할 줄 모르고 싶지 않았다. 태어나서 처음 나는 나의 할 줄 모름을 내 몸뚱이에서 뜯어내고 싶다고 생각했다. 그것을 종잇장처럼 북북 찢어 마구 뭉친 뒤 운동장 구령대 너머로, 분리수거 소각장으로, 길고양이의 썩은 몸이 떠다니는 하천으로 던져 버리고 싶었다. 그 애는 순식간에 내 손에 들려 있던 막대를 도로 앗아 갔다. 이렇게 하는 거야.

   이렇게.

   그런 소리. 활짝 열린 창문 너머 운동장을 가로지르는 아이들의 목소리가 밀려들었다. 밀물과 썰물처럼 소리.

오카리나

뛰어가면 저만큼 멀어지다가 돌연 들이닥치는 소리. 발등만 적시려던 마음과는 달리 바짓단과 속옷까지 흠뻑 적시는, 아름다운 소리.

나는 그 애가 단소 부는 모습을 보았다. 입술을 그렇게 사랑스럽게 오므리는 법이라니. 나는 단소의 음계가 다섯 개뿐이라는 사실이 마음에 들었다. 짧은 새끼손가락도 좋았다. 그 애의 설명은 너무 어렵지만 이해할 수 있는 것도 있었다. 숨을 반으로 가른다고 생각해. 반만 뱉고, 나머지 반은 삼켜. 그 애는 걸상 모서리에 치마를 펼치고 앉는다. 부채꼴. 물을 마실 땐 꼭 목을 젖힌다. 그 애가 나를 돌아볼 때, 나는 너무 많이 뱉는다. 나머지가 없다.

자 이제 다시 해 봐. 나는 그 애가 조금 전까지 불었던 단소를 내 입술에 가져다 댔다.

고개를 들었을 때 그 애는 둥글게 부풀어 오른 커튼 뒤에 감춰져 있었다. 작은 웃음이 들렸다. 너 진짜 못한다. 내가 아는 사람 중에 제일 못한다. 지구에서 최고로 못한다. 그리고 커튼은 꼭 불어났던 부피로 꺼졌다.

집으로 돌아오던 길에 풀린 운동화 끈을 보았다. 바투 묶었으나 조금 이따 보니 도로 흐트러져 있었다. 수시로 걷기를 멈춰야만 했다. 오 분 거리의 집까지 나는 한 시간을 넘게 걸었다. 이상한 일이었다. 유령일까? 잠깐 생각했고 나를 놀리는 그 애를 상상하면 다시 일어나 조금 더 걸을 수 있었다. 집에 도착해선 방문을 잠그고 거울 앞에 서서 한참 입을 오므려 보았다. 쥐가 날 정도로 그렇게 있다 보면 웃음이 났다.

 다음 날, 처음으로 지각하지 않고 학교에 도착했을 때, 나를 뺀 모두가 어떤 이야기를 하고 있었지만 나는 소란한 일엔 관심이 없었다. 대신 맨 뒷자리에 앉아 어제 배운 것을 복습했다. 입술을 모으고 스리슬쩍 뱉는 숨. 반으로 가르는 숨. 반만 뱉고 반은 삼키는 숨.

 그러는 중에 이상하게도 여러 번 재채기가 났다. 재채기는 숨에 도움이 되지 않았다. 나는 긴장했다. 그 애가 학교에 오기 전까지 할 줄 아는 사람이 되고 싶었다. 그러나 내 머리와 몸은 다르게 움직여서, 점심시간이 끝날 때쯤 온몸이 불덩이처럼 뜨거워졌다. 보건실 문을 열면서 앞으로 고꾸라졌던 기억이 난다. 방학 내내 사물함 안에서 부패한 우유 팩처럼 팽창한 이야기를 전부 전해 듣게 된 건 병원에 다녀온 뒤 집에서였다.

 아무리 애를 써도 열이 떨어지지 않자 엄마는 학교로 전화를 걸었다. 하지만 내 이야기는 금방이고 아, 정말, 어떡하고, 안타깝고, 유감이고 하는 말을, 조그맣고 부서지기 쉬운 구슬처럼 주고받는 대화가 방문 너머에서 한참 이어졌다.

 그리고 부검. 나도 과학 시간에 개구리를 해부해 본 적 있었다. 투명한 비커에 투명한 에테르를 따르는 시간이 가장 마음에 들었다. 부드러운 두 개의 폐를 들어내면 나타나는, 작고 빠른 심장도 좋았다. 그 애의 심장도 그 자리에 있었을까?

 그 통화를 엿들으며 나는 고무나무 화분에 해열제 시럽을 따라 버리고 있었다. 흙은 잠시 분홍색으로 떠오르다 금세 잠잠해졌다. 경찰들은 그 애의 몸에서 심장 대신 교장이 가진 것과 똑같은 것 두 가지를 찾아냈다. DNA와 감기 바이러스. 나는 뜨거운 기운이 새어 나오는 입술에 손등을 가져다 대 보았다. 그 애의 단소를 들었던 때처럼. 조심스럽게.

 그 애가 내게 마지막으로 준 것이라고 생각하자, 나는 최대한 오래 이 아픔을 간직하고 싶었다. 가능하다면 평생. 죽을 때까지 감기에 걸린 채로 살 수는 없는 걸까 궁금했다.

 바깥은 온통 흰 풍경이었다. 내가 숨 쉬고 있다는 걸 눈으로 볼 수 있었다. 아무도 다니지 않는 아파트 뒤편 화단에서 나는 팔 벌려 뛰기를 했다. 흰 숨. 희고 동그랗다가 한순간 사라지는 숨. 땅에서 떠올랐다 다시 바닥으로 떨어질 때마다 안에서 모든 것이 빠져나가고 도로 채워지는 것이 느껴졌다. 얇은 메리야스와 팬티 아래 살갗이 얼어붙는 속도를 알 수 있었다.

 숫자를 몇 번이나 까먹었을 때쯤, 나는 무감각해졌다. 더는 춥지 않고 힘들지 않았다. 규칙적으로 눈앞에 나타나는 팔의 모양을 관찰할 수는 있었다. 이게 내 몸이다. 내 몸은 이렇게 우스꽝스럽게 움직이는구나. 아 웃기다……. 정말 웃겨.

 깨어났을 땐 낯선 천장이 있었다. 고개를 돌리면 차가운 소독약 냄새를 담요처럼 덮은 엄마의 잠든 얼굴이 보였다. 수액 바늘이 들어간 내 팔을 엄마는 두 손으로 붙들고 있었다.

기도하는 손이었다. 눈치채지 못하게 벗어나려 해 보았는데 쉽지 않았다. 엄마도 이따금 그렇게 커지거나 작아지곤 했다. 나를 가둔 그 조그만 손을 나는 잠시 내버려두었다.

4

검은 정장들은 먼저 학교를 떠나갔다. 가늘게 눈을 뜨자 문 앞에서 지친 낯의 오대오를 배웅하는 선생님의 뒷모습이 보였다. 몸을 틀어 다시 이쪽으로 다가올 땐 재빨리 눈을 감았다. 의자를 가까이 끌어당겨 오는 소리가 들렸다. 선생님은 내 옆에 앉아 있는 것 같았다. 머리 위에 규칙적인 숨소리가 있었다. 모두가 떠나간 학교는 적막했다. 조금만 더 이렇게 가만히 있으면, 더 작은 심장박동을 들을 수도 있을 것 같았다. 미지근한 손바닥이 내 이마 위에 머무르다 사라졌다.
 일어났으면 정리하고 집에 가 봐도 돼.
 선생님은 내 손바닥 위에 열쇠를 올려 두었다. 나는 천천히 몸을 일으켜 맞은편 벽에 걸린 거울과 마주 앉았다. 머리가 엉망이었다. 얇은 캐러멜색 코트를 어깨에 걸치는 선생님을 바라보며 나는 마음이 무거워졌다. 꼬꼬와 나의 이야기가 재미나고 환상적인 모험 동화가 아니라는 사실을 뱃속의 아기가 알고 실망하게 된다면 나도 기분이 좋지 않을 것 같았다. 선생님. 나는 뒤를 돌아 멀어지는 선생님을 불렀다. 목이 잠겨 모래사장을 후벼 파는 듯한 소리가 흘러나왔다. 선생님은 멈춰 서서 이쪽으로 고개를 조금 틀었다가, 나를

바라보지 않고 말했다. 그런데,

　너는 왜 울지를 않니?

　문이 닫히자 복도에서 희미하게 새어 들던 노란빛이 잘려 나갔다. 나는 실내화를 꿰어 신고 일어나 혼자 남은 보건실을 둘러보았다. 선생님의 책상을 엿보는 건 처음이었다. 컴퓨터 모니터 아래 인화된 사진이 하나 붙어 있었는데, 한 사람은 부푼 배를 커다란 과일 바구니처럼 든 보건 선생님이었고, 그 어깨를 가볍게 쥐고 있는 건 과학이었다. 여태 몰랐는데 두 사람은 웃는 입이 닮았다.

　기지개를 켜다가 무릎을 삐끗해 그 자리에 주저앉았다. 눈처럼 소복한 먼지가 쌓인 책상 아래, 쪼그라든 탁구공만 한 노란 알맹이를 손가락으로 집어냈다. 입에 넣자 텁텁한 맛이 껍질처럼 벗겨지고 곧 매끄러운 단맛이 굴러들어 왔다. 레몬이었다.

　복도 끝에 웅크리고 앉아 있던 꼬꼬를 챙겨 집으로 돌아가는 내내 둘 중 누구도 먼저 입을 열지 않았다. 무지막지한 몸집으로 우리에게 부딪혀 온 분식집의 먹음직스러운 훈기에 이끌릴 때까지. 떡볶이와 어묵을 이 인분씩 먹어 치우고 난 뒤에는 자판기에서 탄산음료를 뽑아 마셨다. 집으로 갈 수 있는 두 갈래의 길 중 더 빙 돌아가는 쪽을 택했다. 계단이 많았다. 내리막만큼 오르막이 있었다. 하지만 땀을 흥건히 흘리며 오르막을 오른다고 곧장 시원하게 내달릴 수 있는 내리막이 펼쳐지는 게 아니란 건 이상한 일이었다.

　집에 들어가기 전 문구점에 들렀다. 문을 밀고 들어갈 때까지만 해도 분명 무언가 살 게 있었는데, 요란하게 반짝이는 색종이들 사이에 서니 모든 것이 까마득해졌다. 나는 고개를 들었다. 계산대 너머 천장에 온갖 종류의 유치한 악기들이 주렁주렁 매달려 있었다. 멜로디언, 캐스터네츠, 트라이앵글…… 그리고 단소.
　아니 잠깐, 그러고 보니 꼬꼬 너는 입술이 없잖아. 그러자 문 바깥에서 작은 목소리가 대답했다. 꼬꼬. 나는 거스름돈 이천 원을 꺼내는 아주머니를 황급히 불러 세웠다. 더 쉽게 불 수 있는 거 있어요? 아주머니는 나를 빤히 바라보더니 등을 돌려 은은하게 윤이 나는 가죽 주머니 하나를 꺼냈다. 이게 제일 좋은 거야. 나는 좋은 거라는 말이 정말 좋은 게 아니고 단지 비싸다는 소리를 그럴싸하게 포장한 말이란 걸 알았지만, 그런 건 중요한 게 아니었다. 이제 거스름돈은 남지 않았다. 오카리나. 숨만 쉴 수 있으면 불 수 있다고 했다.
　우리가 앉은 벤치에서는 동네에서 가장 높고 뾰족하게 지어진 교회의 첨탑이 보였다. 세로로 길게 찢어 먹는 육포 모양의 불량 식품을 반 갈라 꼬꼬에게 건네며 우리는 그 꼭대기를 바라보았다.
　교회 엄청 많다, 그치. 꼬꼬.
　너는 왜 꼬꼬라고밖에 못해? 진짜 닭도 아니면서. 꼬꼬.
　입술도 없고. 꼬꼬.
　그런 있으나 마나 한 발가락으로는 구멍도 막을 수가

없잖아. 꼬꼬.

나는 할 수 있는 한 최대로 고개를 꺾어 꼬꼬의 얼굴을 바라보았다. 커다란 콧구멍이 먼저 보였다. 다음은 겉으로 다 드러난 흉측한 이.

난 입술 있어도 제대로 못 하긴 해.

주절주절 늘어놓는 내 쓸데없는 이야기들을 꼬꼬는 가만히 듣고 있었다. 나무처럼. 그때부터 수억 년을 살아온 거대한 나무처럼. 길가엔 꽃이 흘러넘쳤다. 목련, 개나리, 진달래를 지나 어느덧 벚꽃. 목련은 꼬꼬가 살던 백악기 시절부터 살아남은 나무라는 걸 언젠가 과학에게 들었다. 그렇게 오래 살아남는다는 건 어떨까. 좋은 기분일까. 머리 아닌 생식기로 꽃들도 생각을 할까.

하지만 가끔 나도 머리 아닌 몸으로 생각하고 있다고 느꼈다. 머리는 나쁘니까, 대신 옆구리나 겨드랑이가 참을 수 없이 가려워지며 무언가 궁금할 때가 있었다. 보건 선생님과 과학도 키스했을까? 아이가 생긴다는 건 서로 사랑하는 사이라는 뜻이라고 했던 수업 내용이 정말이라면 말이다. 나는 꼬꼬에게 말을 걸었다.

그럼 너는 키스도 못 하겠네.

고개를 돌렸을 때 꼬꼬는 이미 이쪽을 바라보고 있었다. 소화전 크기의 육중한 머리가 나를 향해 갸우뚱 기울어져 있었다. 나도 안 해 봤어. 나는 오카리나의 구멍 열 개에 맞춰 손가락을 대고 있었다. 그러고도 두 개의 구멍이 남았다. 숨이 들어가는 구멍, 나가는 구멍. 해 보자, 말했던 것도

옥채연

같고 내가 가르쳐 줄게, 했던 것도 같고. 아무튼 꼬꼬와 나는 입을 맞추었다. 눈을 감았고, 처음에는 나의 입술과 꼬꼬의 날카로운 이빨이. 다음번에는 나도 입술을 최대한 안으로 말아 넣고 이와 이끼리.

그건 부드러운 맞춤이라기보다는 충돌에 가까웠다. 커다랗고 뜨거운 운석이 언젠가의 지구와 했던 그런 충돌. 그러나 둘 중 누구도 멸종하지 않았다. 그런 건 별로니까.

한편 모든 것이 끝난 뒤에도 눈을 뜨지 못했던 건, 꼬꼬의 이가 내 이에 닿은 순간 떠오른 생각 때문이었다. 나는 긴장했다. 꼬꼬와 내가 겪은 지금까지의 일들이 전부 꾸며진 환상이라는 보건 선생님의 말이 어쩌면 사실일까 봐. 달콤한 입맞춤으로 모든 어려움이 씻은 듯 사라지는 이야기처럼, 눈을 떴을 때 그곳에 꼬꼬가 없을까 봐. 나는 눈을 감은 채 벤치에서 일어났다. 그리고 뛰기 시작했다.

발을 내디딜 때마다 작고 가벼운 꽃잎이 조용히 나부꼈다. 조금 전 보았던 그 교회에 갈 생각이었다. 앞만 보며 달리는데, 별안간 머리 높이에서 무언가와 세게 부딪혔다. 삼 미터 제한 육교 아래를 무심히 지날 때의 꼬꼬처럼. 이마를 부여잡고 몸을 바로 세웠을 때 그곳에는 아무것도 없었다. 투명한 풍경이 우두커니 서 있을 뿐이었다. 이상한 일이었다.

유령일까?

나는 이마에 묻은 아픔이 사라질 때까지 잠시 그 자리에 서 있기로 했다. 아픔이 사라질 때까지. 멀리서 해가 저물고 있었다. 돌아오지 않을 것처럼 차들은 빠르게 달렸다. 쥐었던 머리를 놓을 때쯤엔 손바닥이 축축하게 젖어 있는 것이 느껴졌다. 그것을 구겨진 치마에 문질러 닦으며 나는 몸을 틀어 섰다. 세수를 좀 하고 싶어서.

수상 소감

얼마 전에 나는 인상적인 경험을 하나 했는데, 바로 바닥에 떨어진 바나나를 밟고 넘어진 일이다. 바나나를 밟고 넘어지다니, 너무 만화 같은 일이라서 그 자리에 엎어진 채로 나는 웃었다.

탁자에 두고 오래 잊어 달콤하게 뭉그러진 바나나 한 송이를 치우려다가 그랬다. 바나나가 익을수록 부드러워지는 과일인 줄은 알고 있었지만. 꼭지를 집어 드는 것만으로도, 그 아래를 받쳐 주는 바닥이 없다는 사실만으로도, 쉽게 허물어질 만큼 익을 수도 있다는 것은 처음 알았다. 발바닥에서 따뜻한 향기가 났다. 바나나를 밟고 넘어지다니…….

하지만 정말 그런 일이 일어난다.

문득 내 이야기가 전부 말도 안 되는 거짓말처럼 느껴지는 때가 있다. 이런 일이, 이런 마음이 어디에 어떻게 있겠냐고 뒤돌아 묻게 된다. 이 소설을 완성하고 난 뒤 나는 내가 방금 만들어 낸 이야기를 물끄러미 바라보며 생각했다. 그렇지만 공룡에게는 입술이 있었어. 한 삼 년 전부터 과학계는 그것을 정설로 본다.

하지만, 정말 그런 일이 일어난다.

이 글을 쓰다가 실제로는 내가 바나나를 밟고 넘어지지 않았다는 사실을 깨닫는다. 나는 단지 낮 동안 불이 켜진 적 없는 방 안에서 말없이 썩어 가던 바나나를 무심코 밟기만 하고, 그런 다음엔 발바닥을 들어 미끄러운 감촉을 바라보았다. 조금 슬프거나 피곤했다.

그런 사실은 그다지 중요하지 않아진다, 적어도 소설을 쓰는 동안에는. 정말 일어났던 일만을 말해 주는 깨끗한 얼굴과 엄살이 심하고 지어내기를 좋아하는 개구진 얼굴이 동시에 고개를 들어 나를 본다. 나는 두 번째 얼굴을 조금 편애한다.

나의 틀린 얼굴을 사려 깊게 살펴 주신 네 분의 심사위원과 문학웹진 림에 감사의 말씀을 전하고 싶다. 사랑하고 존경하는 김유진 교수님, 편혜영 교수님. 그리고 언제나 나를 돌아봐 주는 친구들과 가족들에게, 내가 가진 것 중 가장 크고 좋은 마음 한 송이를 건넨다.

옥채연

2001년 출생. 명지대학교 문예창작학과 재학.

우수상

안덕희

곰이 아들을
먹었어요

엄마, 엄마. 네가 부른다.

나는 대답한다. 기다려. 지금 간다.

계단을 뛰어내려 주차장으로 간다.

시동이 평소처럼, 쉽게 걸린다. 정신을 똑바로 차리고, 서 있는 차들 사이를 빠져나간다. 주차장 천장에 형광등이 너무 많다. 빛이 사방으로 흩어진다. 앞 유리창이 조각조각 깨지는 것 같다. 브레이크를 밟는다. 뒤차들이 빵빵거린다. 시동을 다시 켤 수 없다. 욕설이 들린다. 아줌마 미쳤어?

미디어를 뒤덮은 선정적인 보도들. 야생화된 곰이 등산객을 먹다.

기자들의 말은 다 맞고, 다 틀리다. 그는 중학교를 자퇴하고 기이한 행동으로 스무 살이 되도록 집에만 머물러…….

머릿속 목소리가 톤을 바꾸며 나를 괴롭힌다.

엄마, 곰이 나를 먹어. 나는 사람인데도 먹어.

기다려, 아들. 엄마가 갈 거야. 끝이 아니게 해 줄게.

휴대폰에 네 사진이 별로 없다. 우리는 살가운 모자였던 적이 없다. 찾아낸 건 아기 때 찍은 사진 한 장, 작년에 몰래 찍은, 방에서 팬티만 걸치고 자던 모습 한 장.

사진을 인쇄해 주세요. 내 몸만큼 크게.

집 앞 마트 계산원이 딱하다는 듯 나를 바라본다. 길게 늘어선 사람들도 흘끗거린다. 나는 곰에게 아들을 먹힌 아줌마다. 유명한 아줌마.

계산원은 나를 사무실로 데려가 프린터로 사진들을 인쇄해 준다. 흑백으로 인쇄된 종이를 테이블 위에 나란히 펼쳐 놓는다. 여기서는 이렇게밖에 안 돼요. 아드님이 참 잘생기셨었네. 어쩌다가 쯧쯧. 나는 호주머니에서 낙엽을 꺼낸다. 돈이 없다. 그래도 그녀는 고개를 끄덕인다. 그 정도의 관대함이, 너를 먹힌 내게 주어진 새로운 세계다.

계산원은 집에 가서 어린 자녀들에게 말할 것이다.

"얘들아, 곰에게 아이를 잡아먹힌 사람을 봤거든. 불쌍해. 눈이 팽팽 돌아. 엄마가 그렇게 되지 않도록, 너희는 절대 잡아먹혀선 안 돼."

흥. 그녀에게 말해 주고 싶다. 잔소리로 막을 수 있는 게 아니라고. 곰은 아무 소리도 내지 않고 따라온다고요. 한번 눈에 띄면 결코 포기하지 않아요. 움켜쥐고 흔들어 정신을 빼앗죠. 그리고 오랫동안 조금씩 먹어 치우는 거예요. 그러니 애초에 만나게도 하지 말아요. 아이는 사람들 속에서 안전하게, 안 그러면…….

상상이 머리 밖으로 쏟아져 나는 기절한다. 눈을 감고 있는데도 직원들이 달려오는 것이 보인다. 나는 말없이 소리친다. 곰이 사람을 먹을 수가 있나요? 어떻게 그럴 수가 있지요? 곰을 잡아먹는 건 사람이어야 하잖아요. 내가 바로잡겠어요. 곰을 찾아낼 거예요. 발로 차고 지팡이로 후려칠 거예요. 칼로 찔러 쓰러뜨리고 내장까지 조각조각 파헤치고 한 점씩 구워 먹겠어요. 곰에게 먹힌 아들을 내가 다시 먹고, 다시 낳을 거예요.

　내 엄마가 혀를 차곤 했다. 계집애가 성질머리도 참. 마트 사무실 바닥에 누워 그 말을 떠올리며 안도하게 될 줄은 몰랐다. 나는 성질머리가 있다. 그러니 곰을 찾아가 잡아먹을 테다. 어흥.

　깊은 산에 오솔길과 나뿐이다. 나무들이 나를 내려다본다. 속이 꿰뚫리는 것 같아 몸을 돌린다. 공기가 맑다. 너무 맑아서 냄새가 나는 공기. 맑음이 덩어리가 되어 코와 목으로 내려간다. 공기가 가슴속으로 들어가지 못하고 턱 막힌다. 나는 멈춰 서서 팔을 벌렸다 오므렸다 한다. 입을 크게 벌리고 숨을 들이쉬었다 내쉬었다 한다. 이 공기에 적응하고 말겠다.
　인쇄된 네 사진은 옷 앞뒤에 기웠다. 곰아 나를 너로 착각하기를, 너에게 달려들었듯 나에게 달려들기를. 그러면 내가 곰을 덮칠 것이다. 잡아먹을 것이다.

　똥으로 곰을 찾으려는 생각은 유튜브를 보다가 했다. 우리의 사건을 떠든 유튜버가, 곰의 똥은 먹은 것에 따라 색이 바뀐다고 했다. 봄여름에는 풀색, 가을에는 열매색, 육식을 했으면 털이나 뼛조각까지 똥으로 눈다고 했다. 그러니 그 곰이 그 사람을 먹고 똥을 쌌다면……. 말을 잇지 못하는 유튜버에게 짜증이 났다. 더 자세히 조사했어야지. 어디에서 곰의 똥을 찾을 수 있는지, 똥으로 곰의 위치는 어떻게 추적할 수 있는지.

나는 엄마다. 유튜버가 하지 않은 일까지 내가 한다. 풀숲을 헤치고 다닌다. 내 아들을 먹고 소화시켜 푸지게 싸 두었을 거대한 똥 덩어리를 찾아다닌다. 온 산이 똥이다. 자글자글한 똥들. 동글동글한 똥들……. 하지만 곰의 똥처럼 보이는 것이 없다. 산을 집중 수색 중이래요. 금방 잡힐 거예요. 계산원이 던졌던 말 때문에 나는 조급하다. 경찰이 최신 장비로 곰을 찾아, 내가 먹지 못하게 막을 것 같다. 그래서 곰 속의 너를 다시 먹고, 다시 한번 너를 낳을 기회를 빼앗을 것만 같다.

수풀만 내려다보고 다니니 자꾸 어지럽다. 목과 어깨가 지끈거린다. 산비탈을 미끄러지다가 물컹, 밟았다. 아아, 드디어. 뜨끈하고 거대한 똥. 싼 지 얼마 되지 않은 똥이다. 나는 똥 가까이 얼굴을 들이밀고, 너의 냄새가 나는지 맡아 본다. 손가락으로 꾹꾹 누르며, 너의 여윈 팔과 다리, 등과 배, 그리고 늘 말갛던 얼굴이 느껴지는지 확인한다. 엄마, 엄마. 똥은 나를 다정하게 부른다. 나는 응응 운다. 곰이 왜 너를 먹니. 하고 많은 먹을 걸 두고 왜 너를.

이름을 불러 보려다가 부를 수 없다는 걸 깨닫는다. 나는 너의 이름을 잊었다. 이름을 부르면 네가 머리를 감싸안았기 때문에, 자기를 제발 내버려두라고 했기 때문에 내가 지어 준 이름은 예전에 지웠다. 그래, 아들. 나는 네가 내 옆에서 떠나갈까 봐, 네가 옷, 소파, 안경, 컴퓨터 옆에, 사물처럼 가만히 있고자 할 때 그대로 두었다. 사방의 온갖 것을 감각하며 편안해할 때 이해하는 척했다.

따뜻한 똥이 질척하게 손에 들러붙는다. 아……. 나는 깨닫는다. 변한 건 없다. 너는 이 똥과 같았다. 있는 게 분명하지만 찾아 헤매야 하는, 안에 있으나 들어가 만날 수가 없는. 나는 다시 너를 만나 움켜쥐고 냄새 맡으며 이렇게 사랑한다. 양손 가득 똥을 주워 가방 속에 떨구어 넣는다. 조금도 남기지 않으려고, 똥이 묻은 흙과 가지까지 긁어모아 가방 속에 넣는다.

수풀이 바스락거리는 소리가 난다. 어둠 속에 더 어두운 그림자가 나타난다. 정신이 번쩍 들고 온몸에 아드레날린이 솟는다. 드디어, 그토록 기다리던, 곰? 유튜버의 조언을 따른 보람이 있구나. 단것과 향기로운 것을 가방에 잔뜩 넣고 다니면 곰이 찾아온다고 했던 그 조언을.
 그림자가 비척거리며 내게 다가온다.
 나는 지팡이를 단단히 움켜쥔다.
 저것을 후려쳐서, 드디어 잡아먹을 것이다.
 그림자가 점점 커진다.
 남편이다. 너와 거의 대화가 없었던, 너를 미워하고 네 요구들에 고통스러워했던 너의 아빠. 네가 사람이냐! 공부도 안 하고, 방에서 잠만 자고, 맨날 엄마 걱정만 시키고! 네 소식을 듣고도 울지 않고, 차라리 잘된 걸지 모른다던 너의 아빠가 다가온다. 나를 끌어안으려 한다. 나는 방어 태세를 취한다. 걱정 마, 아들. 내가 지켜 줄게. 아빠가 입도 뻥끗 못 하게 할게. 너는 누가 뭐래도, 곰에게 먹힌 불쌍한 사람이다.

그 반대가 아니라.

　네 아빠가 운다. 우리 아들의 비밀을 사람들이 다 알아. 이제 숨길 수 없어.

　새로운 증거가 발견되었다고, 내가 직접 경찰서에 가서 그것을 확인해야 한다고 말한다.

　비탈길을 내려가는 내 다리가 내 것이 아닌 것 같다. 들켰다. 이제 곰 때문에 아들을 잃은 엄마인 척할 수 없다. 네가 정상적인 사람이었다고 주장할 수 없다. 너의 이야기를 어떻게 전해야 할까? 나도 이해하지 못한 진실을 어떻게 말해야 할까?

　경찰이 네 방에 있던 CCTV를 재생한다. 네 목소리에 담긴 흥분이 싫다. 그날도 싫었는데, 뚱한 경찰들에 둘러싸여 들으니 더 싫다. 엄마, 엄마, 곰을 찾았어. 내가 바라던 대로. 드디어.

　내 목소리도 들린다. 너는 진짜 불효자야. 하지 말라는 짓만 하더니 결국 나를 구렁텅이에 빠뜨리겠구나.

　자기 목소리를 듣는 건 항상 부끄럽다. 감정이 너무 드러난 채 절규하는 목소리는 더욱더.

　경찰들이 내게 서류를 내민다. 상황 파악은 되셨죠? 곰이 아드님을 죽인 게 아니라······.

　등산로 CCTV에 찍힌 네 뒷모습. 네 몸에서 발견된 메모. '죽음이 우주의 정상성이다.'

종이 위 글자마다 조그마한 사람들이 바글거리며 너를 너무 가까이서 들여다본다. 배가 고프지도 않았을 뚱뚱한 곰을 네가 찾아다니고 괴롭혀, 너를 먹게 했다는 증거들. 내가 감추고자 했던 너의 이야기.

  경찰은 과자 봉지도 보여 준다. 현장에 남아 있었다는 반쯤 찢어진 과자 봉지. 어른이 되어서도 네가 달고 살던, 너를 달래기 위해 매일 내가 사다 바치던 그 맛도 없는 과자를 나는 내려다본다. 파란색 바탕에 노란 글씨, 아기자기한 그림, 광택. 나는 분명히 경고했었다. 과자를 먹으면 키가 안 큰다고. 네가 곰보다 컸다면 아무리 유혹해도 곰이 널 먹지는 못했을 텐데.

  나는 과자 봉지에 손을 넣는다. 과자가 잔뜩 남아 있다. 움켜쥐고 꺼내어 와작와작 씹어 먹는다. 음미한다. 온몸의 가느다란 핏줄마다 과자의 독이 흘러가는 것 같다. 모든 것이 너무 자극적이다. 경찰이 내 손목을 잡는다. 과자를 빼앗아 간다.

  증거품이에요.

  무슨 증거? 내 아들이 범죄라도 저질렀나요?

  경찰들이 혀를 찬다. 내 얼굴이 붉어진다. 결국 이렇게 되어 버렸다. 언젠가부터 점점 커지던 예감 그대로, 너는 나만 알고 있던 너의 비밀을 스스로 세상에 폭로했다. 나까지 이 지경으로 끌고 왔다. 복수할 테다. 너에게도 곰에게도. 비밀을 전부 밝혀서.

  묻지도 않았는데 나는 술술 자백한다. 혼자 부끄러워하지 않으려고 다 내놓고 심판을 청한다. 내 사랑에는 문제가

없었다고 판결받기를 바란다. 내가 낳은 네가 사람의
아이였다고 누군가가 확인해 주길 바란다.

 너는 말을 빨리 뗐다. 아기가 그런 말도 하다니 믿지 못할
정도였다. 거기서 멈췄으면 좋았을걸. 너는 사람 말을 배우는
속도로, 다른 것들의 말도 배웠다. 나무의 불평, 공기의
기분, 흙의 울음소리 같은 것이 들린다고, 믿지 않는 나에게
종알거렸다. 나는 장난인 줄 알고 웃다가, 나중에는 사람 말을
하라고 때렸다. 그러면 너는 사람 같지 않은 소리로 울었다.
물이 흐르는 것처럼, 바위가 깨지는 소리처럼, 아니, 이제
생각하니 곰처럼, 그르렁거렸다.
 유치원에서 너는 자꾸 옷을 벗었다. 몸이 조각조각 나는
기분이란 말이야. 단추를 채워 주면 풀어 버리고 신발을
신지 않겠다고 주저앉았다. 그리고 맨몸으로 사방을 느꼈다.
벽이나 바닥, 책상이나 그릇, 무엇이라도 안고 몸을 흔들며
돌아다녔다. 어디든 올라가고 길 위를 기었다. 선생들이
기겁하여 전화를 했다.
 병원에 가니 원인은 단순하다고 했다. 잠겼어야 할 신경이
전부 열려 있어요. 사람이 느끼지 말아야 할 것을 느끼고 보지
말아야 할 것을 보아요. 잘못하면 큰일 나요. 가둬 놓으세요.
 가두라는 명령이 오히려 안심이었다. 가장 넓은 방을
너에게 주고, 그 안에서 무엇이든 하게 해 주었다. 옷을
벗어도 내버려두고, 몇 달이고 몇 년이고 허공을 듣고 있어도
그냥 두었다.

네가 긴 시간을 게임에 빠져 보내기 시작했을 때 나는 안도했다. 드디어 보통의 사춘기에 들어선 것 같았다. 이웃 엄마들에게 무슨 게임이 유행인지 물어보는 게 즐거웠다. 네가 벌거벗고 컴퓨터 앞에 앉아, 게임과 자신을 구별하지 못한 채, 픽셀의 깜빡임을 네 감각처럼 여기고, 캐릭터와 사랑에 빠지고, 캐릭터의 움직임을 고양이처럼 헐떡이며 들여다보고 있다는 것에 대해서는 아무에게도 말하지 않았다.

　그 뉴스를 보지 않았다면, 너는 계속 방에서 조용히 살았을지도 모른다. 그러나 사람 세상을 조금이라도 이해하라고 켜 놓은 텔레비전에서 너는 보고 말았다. 새끼 때 방사된 곰이 추적기를 떼고 우리 집 근처 산에 나타났다는 뉴스. 마취총마저 이겨 내고 바위와 나무 사이를 달려가는 곰의 거대한 등, 움직일 때마다 리드미컬하게 빛나는 털. 너는 넋을 잃었다.
　곰이 숨어 버려 찾을 수 없다는 아나운서의 경고를 네가 초대로 받아들였다는 걸 나는 알아차렸다. 곰이 이 산 저 산을 넘나들고 있어 등산객들의 주의가 필요하다는 말에 네 미간이 좁아지고, 눈빛은 야생동물처럼 강렬해졌기 때문이다. 너는 게임을 집어치우고 곰의 위치를 추적하는 유튜브에 집착했다. 곰이 산등성이를 달려가는 광경을 몇 번이고 재생하며 숨을 꼴딱꼴딱 삼켰다.
　예상했어야 했다. 며칠 후 너는 방에 설치한 CCTV에 얼굴을 들이대고, "엄마, 엄마, 나 곰에게 갈 거야."라고

곰이 아들을 먹었어요

했다. 네가 그렇게 만족스러운 표정으로 말하는 것을 본 적이 없었다. 그때 나는 근처 회사 구내식당에서 일하는 중이었다. 새벽 여섯 시까지 식당에 도착해 문을 열고 청소를 하고 식재료를 다듬어야 했다. 아침을 먹으러 오는 직원들을 위해 밥과 국과 반찬을 만들고, 넉넉히 나눠 주면서 맛있게 먹으라고 인사했다. 점심과 저녁도 그렇게 짓고 나눠 주었다. 나는 책임감 있는 엄마니까, 그렇게 해서 돈을 벌고 싶었다. 네가 늙어 죽을 때까지 방에만 갇혀 살 수 있도록 돈을 쌓아 놓을 작정이었다. 휴대폰으로 전송되는 CCTV 속 네 모습을 틈틈이 지켜보면서 매일 녹초가 되어 간신히 귀가할 정도로 열심히 일했다. 그래서, 운명의 그날, 손을 흔들며 화면 밖으로 사라지는 너를 붙잡을 수 없었다.

너는 산으로 갔다. 듣지 않았으나 들리는 네 말. 엄마, 엄마. 드디어 곰을 만났어.
네가 나에게 그래서는 안 되는 것 아니냐? 곰에게 먹히는 그런 끔찍한 죽음을 상상하게 해서는 안 되는 것 아니냐. 와그작와그작 곰에게 씹어 먹히는 소리를 내 귀에 울리게 해서는 안 되는 것 아니냐.
나는 지금도 허벅지를 꼬집는다. 그때 들고 있던 국자를 집어 던지고 너를 따라가지 않은 것을 후회한다. 따라가 너를 강제로 버스에 태우고 쇼핑몰로 레스토랑으로 끌고 다니며, 휘황한 도시의 빛에 눈이 멀어 곰 따위는 잊게 했어야 한다고 가슴을 치면서. 네가 싫어해도 네 이름을 부르고 자아를 일깨워, 곰에게 먹히겠다는 이상한 목표 따위는 잊게 했어야 한다고.

왜 곰에게 당한 척했냐고? 내가 어떻게 말할 수 있었을까? 내 아들이 스스로 곰에게 먹히고자 했다는 것을, 이 세상 누가 이해할 수 있을까? 왜 살아 있어야 하냐고, 곰에게 먹혀서는 안 되냐고, 흙이나 모래, 돌이나 나무처럼 가만히 존재하면 안 되냐고 묻는 너를 내가 어떻게 했어야 할까? 때리고 가두었더니, 이번에는 게임의 세계로 들어가, "엄마, 우리는 흙과 같듯이, 픽셀과도 같아, 우주에서는 죽음이 오히려 정상상태야."라며, 굳이 살아 있지 않은 어떤 것으로든 변하려고 하던 너를, 내가 어떻게 설명할 수 있었을까?

아들이 이룬 소원에 슬퍼하는 엄마가 아니라, 아들을 잃은 엄마여야만 나는 견딜 수 있었다.

내가 중얼대는 동안 경찰들은 줄곧 고개를 흔들고, 쯧쯧거리고, 한숨을 쉰다. 나에게 그러는 건 줄 알았는데 그들의 시선은 벽을 향해 있다. 텔레비전 화면 위로 불에 집어삼켜진 산이 춤추고 있다. 네가 잡아먹힌 산에 불이 났다. 건조한 대기 속 가지들끼리 부딪혀 불꽃이 시작됐다고 했다. 산이 활활 타오르고, 민가에까지 불이 번졌다. 지금은 비가 쏟아지고 있다. 뒤늦게야 쏟아진 장대 같은 비에, 타 버린 산의 재가 섞인다. 새카만 물이 민가로 흘러가고 있다.

아주머니, 경찰서에 계셔서 다행이네. 안 그랬으면 방화로 의심받았을걸요.

나는 점잖게 경찰의 지시를 따른다. 읽으라면 읽고 도장 찍으라면 찍는다. 일어나라고 하면 일어나고 앉으라면 앉고 누우라면 눕고 쉬라면 쉰다. 너의 잘못을 사죄하려고 나는 시키는 대로 다 한다.

청소기 소리에 잠이 깬다. 네 책상 아래 뻥 뚫린 공간 속에서 눈을 뜬다. 의자는 옆으로 넘어진 채 밀려나 있다. 요즘 나는 눈을 뜰 때마다 엉뚱한 곳에 누워 있다. 밤마다 온 방 안을 뒹굴며 자는 것 같다.

청소기 소리가 네 방 앞을 지나 거실로 멀어져 간다. 네가 살아 있을 때 나와 말도 하지 않던 남편이 별안간 신혼 초의 자상한 남자로 돌아간 것 같다. 내가 한 달 넘게 네 방에 틀어박혀 있어도 내버려둔다. 미음을 가지고 들어와 내게 먹이기까지 한다. 나는 먹을 수 있는데도 병자처럼 거의 먹지 않는다. 그렇게 연기를 한다. 그래야 나를 방에 내버려둘 것 같아서. 내가 너를 연구할 시간을 벌 것 같아서.

산에 메고 갔던 가방은 늘 끌어안고 있다. 가방 속 마른 똥들이 버석인다. 나는 코를 똥 속에 파묻는다. 똥 가루가 내 숨을 타고 코와 기도, 폐를 가득 채운다. 아껴 마신다. 천천히 조금씩. 가루를 다 마셔 버리면, 네 흔적이 전부 사라지면, 그때 나는 일어나 밖으로 나가야 할지도 모른다.

일어난 일은 단순하다. 너는 이제 세상에 없다. 그래서 나는 슬픈가? 슬픔이란 관성 같기도 하다. 오히려 홀가분해서 죄책감이 든다. 내 인생에 가장 이해할 수 없었던 과제가 끝났다. 너를 낳은 엄마라는 이유로 억지로 나 자신을 밀어붙이며, 무서워하면서도 네 정신의 벼랑 끝까지 기어가 까마득한 아래를 내려다보던 인생의 챕터가 끝났다. 아들을 부끄러워하며 당황하던 아빠와, 아들을 속속들이 이해해야 하는 줄 알았던 엄마, 존재의 방식을 견디지 못하던 아들이 지탱하던 연극이 드디어 끝났다.

　이제 모든 것이 자연스러울 것이다. 아들을 잃은 슬픈 엄마와, 자식을 잃었어도 아내를 돌보는 자상한 남편. 요철이 맞물리듯 서로 꼭 맞는 자리가 생겼다. 남편은 성실한 사람이다. 잠시 휴직했지만 언제든 일을 시작할 거다. 택배 일을 하거나 대리운전이라도 해서 돈을 벌며 가장의 역할을 다할 거다. 나도 다시 구내식당으로 돌아갈 거다. 이제 널 신경 쓸 필요가 없으니 더 오래, 많이 일할 수 있다. 아니, 아니다. 우리가 죽은 후 네가 어떻게 될지 걱정할 필요 없으니, 나는 더는 일을 하러 가지 않아도 된다. 우리는 소박한 생활에 익숙하다. 몸도 건강하고 집도 있으니 둘이 먹는 비용, 옷 입는 비용 말고는 생활비가 많이 들지 않을 거다. 내 남은 인생은 얼마나 편안할지!

　천장이 보인다. 낮인데 불이 켜져 있다. 오래된 형광등에서 지글지글 소리가 난다. 어딘가의 발전기에서 태어나, 춤추듯

달려와 잠시 불빛이 되었다가 사라지는 열광적인 에너지. 너는 저 소리에 귀 기울이곤 했지. 아니, 귀를 막았다고 해야 하나.

  에너지를 통제하는 것. 그것이 너의 놀이였다. 물질세계 한가운데서 사람으로 맺혀 산다는 건 에너지가 너무 많이 필요하니, 에너지가 낮은 상태로 돌아가고 싶다고 했었다. 사람으로서의 에너지와 우주의 그것 사이에서 줄타기. 나는 네가 게임 얘기를 하는 줄만 알았다.

  허약한 겉모습과 달리 너는 아무것도 두려워하지 않았다. 너는 단지 한순간을 탐구했다. 죽음이라는 특이점을. 존재를 지키려는 지나친 에너지가 폭발하여 소멸하는 전위의 순간을.

  네가 "곰에게 먹히겠어요."라고 했을 때 내가 물었다. "그건 무슨 시니?"

  너는 대답했다. "아니에요, 진짜 먹힐 건데요."

  나는 도무지 알아듣지 못했다. 네가 예술을 할까 싶어 설렜다. 시를 쓰면 잘 쓰겠구나, 그림도 괜찮겠어.

  너는 예술을 한 게 아니었다. 너의 말은 엄연한 현실이었다. 저 형광등의 에너지만큼 간단하고 명확한 것이었다. 그런데도 나는 네 말을 하나도 알아듣지 못했다!

  나는 일어나 형광등을 끈다. 지지직거리던 소리가 사라지고 빛도 사라진다. 발광하던 입자들이 공기 속에 가라앉는다. 이것이 너의 결말일까? 너는 곰에게 갔고, 곰이 너를 먹었다. 너의 불은 이렇게 꺼진 걸까? 네가 바라던 고요함, 우주의 정상상태로 돌아가 너는 평안할까?

  엄마, 왜 살아야 해? 어린 네가 물었었지. 이상한 질문이었다. 사는 것은 본성 아닌가. 의무 아닌가. 지금도 대답할 수 없다. 점점 더 명확해지는 건, 내가 짊어지기에는 너는 너무 산산이……

  지금 나는 너처럼 옷을 벗고 바닥에 누워 있다. 마치 너를 이해했던 것처럼, 사랑했던 것처럼, 슬픔에 싸인 엄마 역할을 마지막으로 연기한다.

  등이 배겨서 돌아눕는다. 방바닥에 노트북이 열린 채 놓여 있다. 노트북은 꺼져 있다. 네가 거기에 무언가를 쓰곤 했다는 걸 나는 안다. 하지만 남아 있는 건 없을 거다. 너는 한 글자를 쓰고 바로 그걸 지웠다. 글자들도 힘들 거예요. 맺히기만 하면, 할 일을 다한 거죠.

  네 글이 남아 있다면, 나는 그걸 읽었을까?

  노트북보다 이 허공에 훨씬 많은 글자가 쓰였을 거라는 걸 문득 깨닫는다. 공중에 커서가 깜빡인다. 경고등 같다. 읽어. 읽지 마. 읽어. 읽지 마. 번쩍이며 나를 놀리는 것 같다.

  차라리 나는 공중 속에서 게임을 시작한다. 네가 한다고 해서, 나도 일원이 되어 숨어들던 게임. NPC처럼 가만히 있던 네 곁에, 내가 너보다 더한 NPC처럼 얼쩡거리던 화면 속. 전투가 몇 차례 끝났는지 불탄 건물들이 무너져 있다. 그 세상이 마치 내 현실을 대변하는 것 같다. 한때는 너도 있던 곳에 나 혼자 남았다. 이제 어디로 가야 할까?

허공에 타임머신 기능이 있다. 주르륵 떠 있는 이전 저장 시점들. 얼마나 부질없는지! 하지만 나는 유혹을 이기지 못하고 가장 오래전 시점을 클릭한다. 아직 죽음에서 먼 너를 마지막으로 한 번 보려고.

 눈앞에서 화면이 리부팅된다. 나는 비탈길에 서서 두리번거린다. 너는 보이지 않고, 개가 한 마리 어슬렁거리며 다가온다. 나는 길 가장자리로 비켜선다. 개는 올라가고 나는 내려간다. 한참 내려가다가 돌아보니 개도 나를 돌아보고 있다. 나는 다시 방향을 바꿔 개를 향해 올라간다. 개와 일부러 몸을 부딪친다. 개가 나를 물었으면 좋겠다. 그러나 개는 나를 피해 바위 아래로 들어가 자리를 잡는다. 나도 개를 따라 바위 아래로 들어간다. 개가 으르렁거린다. 그래도 다가가 개를 만진다. 개는 몸을 딱딱하게 굳힌 채 경계한다. 계속 만진다. 개의 몸이 따뜻하다. 개는 내게서 몸을 빼내 바위 그늘 끝까지 가서 주저앉는다. 개는 웅크리고 잠이 든다. 나는 고개를 돌린다. 나무가 빽빽한 숲속을 멍하니 바라본다. 몇 시간이고 거기 앉아 시간을 흘려보낸다. 개는 너만큼이나 움직이지 않고, 너만큼이나 멀리 떨어져 앉아 있다.

 이건 게임이 아니다. 내 삶에 대한 비유다. 오래전부터 나는 벌어진 세계의 틈에 머물렀다. 너 때문에 나도 세계의 틈에 갇혀, 살아 있는 사람들의 게임을 간신히 넘겨다본다.

 곰이 기어 온다. 나는 녀석을 알아본다. 아주 작은 녀석이다. 아기 곰이나 마찬가지다. 녀석은 멈춰 서서 자기

배를 두드리고 논다. 자기 손을 물고 놀다가 제풀에 뒹군다. 저런 작은 놈에게 먹히다니, 너도 참.

  어이, 어이! 나는 소리를 지르며 녀석을 유혹한다. 맞싸울 자세로 서서 기다린다. 곰을 잡아, 배를 갈라서 너를 꺼내야지. 그러나 곰은 몸을 돌린다. 숲속으로 들어가 버리려 한다. 내가 달려들어 녀석의 배를 발로 찬다. 곰은 나를 향해 돌아서고, 드디어 내게 달려든다. 나는 곰을 끌어안는다. 녀석의 몸은 뜨겁다. 무서울 정도로 단단하다. 그래도 나는 놓치지 않는다. 환상이라 해도 이 싸움을 연습 삼을 것이다. 그리고 새롭게 태어나, 누구와도 대적할 수 있는 엄마가 될 것이다. 나와 곰은 레슬링을 한다. 녀석은 나를 엎치고 메친다. 내가 일어설 틈도 없이 나를 들이받고 밟는다. 쿵. 쿵. 나는 밟히고 찔린다.

  남편이 나를 끌어안는다. 왜 그래, 나야, 나. 나는 무서운 힘으로 남편을 밀어낸다. 너를 먹은 곰을 이겨야 한다. 아니, 너를 먹은 곰에게 나도 먹혀야 한다. 곰이 나를 짓밟고, 먹게 해야 한다. 남편이 끼어들어서는 안 된다. 어림도 없다.

  곰이 내게 달려든다. 발로 가슴을 누르고 입술로 어깨를 더듬어 문다. 내 살이 뜯긴다. 나는 곰이 나를 먹는 걸 본다. 곰의 입안에서 나의 살점이 고기처럼 갈린다. 곰은 나를 보고 있지 않다. 무아지경이 되어 물고, 씹고, 삼킨다. 곰의 거친 숨이 내 몸을 진동시킨다. 곰이 맛보는 나를 내 입속에서 느낀다. 아무것도, 아무도 나를 이렇게까지 원한 적이 없다. 이렇게까지 나를 꿰뚫은 적이 없다.

곰이 아들을 먹었어요

곰의 눈이 번쩍인다. 아아아! 이제야 나는 알아본다. 강렬하고, 고독하고, 우주의 끝을 바라보는 듯한 그 눈! 곰은 바로 너다. 곰은 너를 먹고 네가 되었나? 아니, 네가 곰이 되었나? 누가 무엇이 되었든 무슨 상관인가. 너는 소원을 이루었구나. 나를 먹이로 볼 만큼 단순하게, 먹이는 먹이로, 배고픔은 배고픔으로 볼 뿐인 곰이 되었구나!

나는 너를 끌어안고 놓지 않는다. 물어라. 물고 삼켜라. 너의 이빨에 찢긴다. 날이 갈수록 이해할 수 없었던 너라는 미스터리는, 경찰서에서 보았던 사진 속에서 갈기갈기 찢겨 피가 떨어지는 살점들로 남았던 너는, 드디어 나를 엎치고 메친다. 나는 싸우지 않고 몸을 맡긴다. 남편이 내 팔을 잡는다. 뺨을 때린다. 나는 너를 놓치고, 너는 그림자 속으로 사라진다. 나는 주저앉는다. 나는 먹히고 남은 조각이다.

남편이 방의 창문을 연다. 문도 활짝 연다. 나를 내버려둔 채 주방으로 간다. 냉장고가 열리고, 그릇들이 덜그럭거린다. 남편은 미음을 만들 것이다. 마치 그게 중요한 것처럼 어제 남은 밥을 끓여 계란을 풀고 간장으로 간을 하여 가져올 것이다. 그것을 내게 먹이는 것이 자기의 의무이며, 내가 그것을 먹고 회복하는 것이 중요한 것처럼 강제로 떠먹일 것이다.

그가 오기 전에 어둠 속으로 숨어야겠다. 나는 먹힌 고기 조각이다. 우주가 나를 소화할 것이다. 나는 소화되어 똥 가루가 되고, 그 가루는 바람에 흩어질 것이다. 우주의 고요

속으로 사라질 것이다. 그제야 나는 처음으로, 너를 이해할 것이다.

* 본문 중 "죽음이 우주의 정상성이다." 부분은 김상욱 물리학자의 강의에서 참고하였습니다. (https://www.youtube.com/shorts/gxgMeuUItxU)

수상 소감

뭐든 툭툭 해내던 시절이 있었다. 에너지와 잔꾀로 밀어붙이면 적당한 성과가 나곤 했다. 발에 차이는 일들은 차 버리고 무작정 전진했다. 소설은 그런 게 안 통했다. 발로 차고 나면 길이 뻥 뚫리는 게 아니라 발가락이 아팠다. 시뻘게진 발가락을 처음 들여다보았다. 얼얼한 통증이 천천히 퍼졌다. 소설은 통증이 내 몸 전체를 통과하며 내 일부가 되는 것을 기다리는 과정이었다.

「곰이 아들을 먹었어요」는 똥이다. 발로 차 버리려 했으나 발가락에 붙어 버린, 아직 덜 소화된 음식물이 뒤섞여 냄새나는 찐득한 덩어리다. "죽음이 우주의 정상성"이라는 아들의 목소리를 붙들고 뒹군 엄마가 나였다. 이 똥을 움켜쥐고 나처럼 냄새 맡는 사람들이 더러 있다면 바랄 것이 없겠다.

이 길을 함께 가고 있는 분들이 떠오른다. 오랜 도반 '인디소회'의 작가님들과, 소설의 첫걸음부터 응원해 준 친구 태은이, 멈췄던 소설을 다시 시작하게 해 주신 손홍규 작가님, 수주를 비롯한 소동의 문우들, 나의 소설을 스스로 사랑할 수 있게 응원해 주신 김현영 작가님과, 함께 공부하며 달리고 있는 '달걀머리'의 문우들께 감사하다.
나는 흙수저도 금수저도 아닌 가족수저다. 항상 그 온기 속에 살게 해 주는 우리 가족 모두와 기쁨을 나누고 싶다.

안덕희

'달걀머리(eggheads.page)'를 통해 동인 활동을 하며 무크지를 준비 중이다. '인디소회' 작가들과 함께한 앤솔러지 『무성음악』이 출간될 예정이다.

가작

오재은

목요일의 집

재워 주고 먹을 것을 나눠 줄 사람을 매일 찾아다녔다. 중고 물품을 팔거나 무료 나눔을 하는 사이트에도, 집을 나온 사람들이 자주 찾는 인터넷 카페의 게시판에도 글을 남겨 놓았다. 많은 사람들이 끊임없이 연락해 왔다. 유통기한이 다가오는 통조림이나 라면 같은 것들을 구호품처럼 그냥 건네주기도 했다. 딱히 구걸한 적 없는데 아무 조건 없이 돈을 주겠다고 하는 사람도 있었다. 그녀는 만나기로 한 지하철 개표구 앞에서 딱하다는 듯 5만 원짜리 지폐 두 장을 쥐여 주고 떠났다. 한번은 어떤 남자가 집으로 부르더니, 이야기를 나누다가 나를 강제로 방 안에 가두려 한 적도 있었다. 가까스로 빠져나왔지만 신고는 할 수 없었다.

 그 후, 처음 사람을 만날 때는 되도록 지하철역 입구 같은 곳에서 만났다. 소리치면 언제든지 쳐다보는 사람들이 있는 곳, CCTV가 사방에서 지켜보는 그런 곳. 하지만 그런 곳에서 사람을 만나다 보면, 언젠가는 도망쳐 나온 숙소의 삼촌에게 쫓길 수 있다는 것 또한 알았다. 사실 여러 조건을 따질 처지는 아니었다. 그래도 누군가의 집에서 며칠에 한 번씩이라도 냄새나는 몸을 씻어야 했다. 굶주린 배를 달래기 위해 밥을 먹어야 했다. 비상계단이나 공원 벤치에서 자며 거리를 헤매는 아이들처럼은 되고 싶지 않았으니까. 잘 곳을 구하지 못하면 길거리에서 어떤 일을 당할지 모른다는 불안 때문에 견딜 수 없었다.

 준성이 사라진 건 한 달 전이었다. 준성은 내게 5만 원짜리 지폐 넉 장을 주며 며칠 안에 남은 물건을 처분하고 연락하겠다고 했다. 주말만 지나면 분명 연락이 올 테니까, 조금만 참고 견디면 준성과 다시 편하게 지낼 수 있을 거라고 여겼다. 그런데 주말이 지나고, 그다음 주말이 지나도 준성은 돌아오지 않았다. 준성이 준 돈은 일주일도 안 돼 바닥나 버렸다. 계속 메시지를 보내고 전화를 걸었지만 아무런 응답이 없었다. 준성과 연락이 끊긴 지 한 달이 지났을 때 나는 직감했다. 준성에게 무언가 나쁜 일이 생겼다는 것을. 그게 아니라면 내게 지금까지 아무런 연락도 하지 않는 것을 이해할 수 없었다.

하룻밤만이라도 재워 줄 사람을 찾아야만 했다. 집을 나온 이유를 묻는 사람들에게 잘 곳이 없어진 그럴듯한 이유를 둘러댔다. 그런 게 왜 궁금하냐고 되묻고 싶었지만, 그들을 납득시키지 못하면 편히 잠들 곳을 찾을 수 없었다. 갈 곳이 없고 쓸모도 없는 여자아이라는 걸 알게 되면, 그들은 숨겼던 이빨을 드러내거나 나를 다시 길거리로 내쫓았다. 거리를 떠도는 수많은 아이 중에서도 다른 아이가 아닌 나를 도와주어야 할 그럴듯한 이유를 떠올려야 했다. 나는 숙식을 제공받는 대신 집안일을 돕거나 무료로 메이크업을 해 줄 수 있다고 했다. 메이크업을 공부하는 중인데, 집에 갑자기 일이 생겨서 부득이하게 잠시 지낼 곳을 찾고 있다고 했다.

그런 글을 올린 뒤 메시지를 확인하면 보통 성적인 농담을 던지며 잠자리를 제안하거나, 욕설을 퍼붓는 남자들이 대부분이었다. 그래도 개중에는 진심으로 나를 걱정하며 도움이 필요할 때 연락하라고 자신의 이메일 주소나 휴대폰 번호를 알려 주는 사람들도 있었다. 그런데 잘 곳이 없으면 찾아오라며 자신의 집 주소를 남긴 사람은 K라는 여자뿐이었다.

처음 가 본 빈집은 도시 외곽의 한 신축 빌라였다. 그 빌라는 낮에도 인적이 드문 골목 안쪽에 자리하고 있었다. 준성이 도어록 비밀번호를 알아낸 그 빌라에는 아무도 살고 있지 않았다. 준성은 단숨에 나를 이끌고 계단을 걸어 올라갔다. 익숙한 듯 그 집의 비밀번호를 누르고 제집처럼 문을 열었다. 그 빌라는 아직 한 채도 팔리지 않은 채 텅 비어 있었지만, 전기도 물도 차단되어 있지 않았다. 창밖으로는 분양을 홍보하는 알록달록한 현수막이 보였다. 현수막을 묶은 끈이 창문에 부딪히며 누군가 노크하듯 쉼 없이 소리를 냈다.

준성과 나는 편의점에서 사 온 냉동 만두와 컵라면을 아일랜드 수납장 위에 걸터앉아 먹었다. 집 안에는 소파나 테이블도 없었다. 간단히 배를 채운 뒤, 준성과 번갈아 욕실에서 씻었다. 이틀 만의 샤워였다. 내가 씻고 나오자, 준성은 화장실의 물기를 닦아 냈다. 사람이 머문 흔적을 지우기 위해 내가 떨어뜨린 머리카락을 쓸어 컵라면 용기 같은 쓰레기와 함께 검은 봉지에 담아 가방에 챙겨 넣었다.

씻고 나오자 콧노래가 절로 흘러나왔다. 가방에서 얇은 담요를 꺼내 바닥에 깔고 누웠다. 준성은 나와 키도 몸무게도 비슷했지만 늘 내게 어깨를 내주었다. 자기 전에 팩으로 된 소주를 꺼내 빨대를 꽂고 한 모금씩 나눠 마셨다. 추운 기운이 사라지고 얼굴과 몸이 뜨거워졌다. 준성은 술에 취해도 내게 무리한 요구를 한 적이 없었다. 이따금 내가 먼저 포옹이나 키스를 하기도 했지만, 왠지 그 이상은 잘 이어지지 않았다. 술을 마셔도 잠이 오지 않으면 서로 학교 다닐 때나 어릴 때 이야기를 밤새도록 주고받았다.

내가 준성과 빈집을 찾아 떠돌아다니기 시작한 것은 함께 지내던 숙소에서 도망쳐 나오면서부터였다. 그때는 내가 집을 나온 지 이미 반년이 지났을 때였다. 준성을 비롯한 많은 숙소의 아이들은 몇 년째 집으로 돌아가지 않고 있었다.

그래도 준성은 다른 아이들과 다르게 여유가 있는 편이었다. 준성은 부모와 연락을 주고받았다. 준성의 부모는 한 달에 얼마씩 준성이 가지고 있는 체크카드 계좌로 돈을 보내 주기도 했다. 그 돈으로 며칠에 한 번씩 식당에 가서 배를 잔뜩 채웠고, 빈집을 찾지 못한 날에는 찜질방이나 싸구려 모텔에서 잘 수도 있었다. 물론 준성과 내가 모든 숙식을 해결할 정도로 넉넉한 금액은 아니어서 돈이 모자랄 때가 더 많았다. 그러면 준성은 우리가 갖고 도망친 물건 일부를 들고 하루이틀 사라졌다가 돈다발을 만들어 돌아오곤 했다. 그래도 빈집을 찾지 못하거나 돈이 떨어져 코인 빨래방이나 무인점포에 앉아 밤을 새울 때가 더 많았다. 그래서 이따금 준성과 나는 비바람을 피할 길 없이 공원을 떠도는 길거리의 아이들이 되기도 했고, 포근한 잠자리가 있는 아이들이 되기도 했다.

   나는 준성과 빈집을 찾아 떠돌아다니는 것이 좋았다. 준성과 다닐 때면 매일 다른 세상으로 여행을 떠나는 듯했다. 다른 공간에서 잠들고 깨어나는 것만으로도 다시 태어나는 기분이었다. 우리의 흔적을 지우고, 쓰레기를 버리고, 매일 다른 모양의 변기에 앉아 소변을 봤다. 나는 가끔 준성 몰래 파우치에서 아이브로펜슬을 꺼내 흰색 화장실 타일 사이에 십자 모양의 흔적을 남겨 놓기도 했다. 그게 마치 우리가 이 세상에 살아 있다는 유일한 표식 같아서였다. 새로운 비데 사용법을 익히고 어제 본 변기 커버 모양을 잊어버리듯, 길거리에서 만난 사람들을 잃어버리고 애써 어제를 잊고 떠났지만, 내일을 향해 내딛는 위험한 발걸음은 그만큼 가볍게 느껴졌다. 그렇게 준성과 조금씩 새롭게 다시 태어나는 듯한 기분을 언제까지라도 소중하게 간직하고 싶었다.

   무엇보다 많은 아이들과 떼를 지어 숙소에서 지낼 때에 비하면 훨씬 편하고 자유로웠다. 숙소에서는 생활에 필요한 돈을 내지 않아도 됐다. 대신 삼촌이 원하는 일을 해야만 했고, 무리 안의 몇몇 불합리한 규칙에도 순응해야 했다.

   나를 비롯한 숙소의 아이들은 아무것도 묻지 않고 시키는 일을 하는 대가로 약간의 안락함과 편리함을 얻었다. 도시의 북쪽, 지하철 종점 근처 산자락에 있는 빌라에서 라면을 끓여 먹고 잠을 잘 수 있었다. 지옥 같은 집에서 벗어나 부모와 연락을 끊었고 거처를 얻었다. 그것만으로도 잠시 안심이 됐다.

　숙소 삼촌은 돈이 떨어져 갈 곳이 없어진 아이들에게 언젠가는 함께 큰돈을 벌 수 있을 거라고 항상 허풍을 떨었다. 아무도 그 말을 믿지는 않았다. 우리는 이런 숙소를 떠돌다 나이가 들면 삼촌 같은 사람이 되고 말 거란 걸 알고 있었다.

　숙소에서 지낸 지 얼마 되지 않아 해야 할 일이 생겼다. 여기에서 여자아이가 할 수 있는 일이란 두 가지뿐이었다. 다른 선택지는 없었다. 누군가 숙소에 버려두고 간 자루에서 짧은 치마를 주워 입고 창백한 얼굴에 새빨간 틴트를 바르고 기다렸다. 밤이면 빌라 앞에 검은색 승합차가 서 있었다. 승합차에 타고 있던 사람은 그날 기분에 따라 나를 태우기도 하고, 나를 떨어뜨려 놓고 가기도 했다.

　승합차에 올라타면 어디로 가는지 알 수 없었다. 순환도로를 타고 한참 달렸다. 빨갛게 빛나는 차량의 꼬리를 바라보다 보면 도심의 빌딩 숲에 도착했다. 미로 같은 빌딩이 들어찬 회색 오피스텔 건물 앞에서 우리는 한두 명씩 흩어졌다. 다른 듯 같은, 작은 오피스텔 방 안에서 기다리면 매일 다른 남자들이 걸어 들어왔다. 다른 키, 다른 나이, 다른 취향, 다른 얼굴을 한 남자들이 내게 요구하는 것은 하나뿐이었다. 그 일을 하기 위해서 승합차를 타는 날이면 몇 개의 알약을 삼켜야만 했다. 고통을 잊기 위해서, 나 자신이라는 걸 잠시 잊기 위해서, 계속 이 일을 이어

나가기 위해서 그런 약들이 필요하다고 했다. 그들에게는 내 이름도, 내가 무얼 좋아하는지도 중요하지 않았다. 내가 여자아이라는 것, 어리다는 사실만이 중요했다. 날마다 가는 곳이 바뀌고, 만나는 남자들이 바뀌었지만, 그것만은 바뀌지 않는 자명하고도 냉혹한 사실이었다.

승합차에 오르지 못하는 날에는 숙소에 남아 다른 일을 해야 했다. 주로 생리가 시작된 날이었다. 숙소에 있는 동안 한 번도 빼놓지 않고 아랫배가 끊어질 듯한 생리통을 느꼈다. 이 숙소의 여자아이들에게 생리는, 아이러니하게도 자신이 아직 안전하다는 동시에 쓸모 있는 인간이라는 신호이기도 했다.

승합차에 올라탄 아이들이 떠나고 난 뒤, 숙소의 삼촌에게 쇼핑백을 넘겨받았다. 거기에는 작은 알약과 가루가 든 비닐 주머니가 들어 있었다. 나가기 전 찬장을 열어 대량으로 사다 놓은 탐폰을 쇼핑백에 챙겨 넣었다. 진통제도 몇 알 꺼내 삼켰다. 구멍 난 낡은 캔버스화를 구겨 신고 숙소를 나섰다. 만 원이 충전된 청소년용 교통카드를 들고 저녁 내내 돌아다녔다. 지하철을 타고 휴대폰 메시지에 찍힌 장소로 향했다. 좀처럼 통증이 가라앉지 않는 아랫배를 부여잡고 처음 보는 사람에게 알 수 없는 약이 든 봉투를 건넸다. 그렇게 밤새도록 일해도 어차피 돈은 한 푼도 모을 수 없었다. 나는 그저 숙소에 나뒹구는 티셔츠와 보풀이 일어난 싸구려 운동복을 입고 살았다. 집을 나온 다른 열한 명의 아이들과 함께 매일 굽은 등을 마주한 채 잠을 청했다. 우리가 그곳에 생활하면서 쓰는 돈은 별로 없어 보였는데도 숙소 삼촌은 우리가 번 돈을 이런저런 이유로 공제했다.

 준성은 삼촌과 가까운 무리 중 한 명이었다. 그곳에 들어간 지 세 달쯤 되었을 때 우리는 함께 약을 배달하는 일을 맡았다. 준성과 친밀한 사이는 아니었다. 준성이 밖에 일을 다녀올 때면 가끔 나에게 마카롱 같은 작은 간식을 건네주거나 한 번씩 말을 붙였던 기억이 있을 뿐이었다. 다른 사람이 아닌 준성과 함께 갈 수 있어서 다행이다 싶었다.

 배달할 물건이 담긴 노란색 이마트 쇼핑백은 줄곧 내가 들고 있었다. 그날 받아 든 약 뭉치는 그간 내게 맡기던 것과 종류도, 양도 달랐다. 한 손 가득 무게감이 느껴졌다. 숙소를 나오자마자 준성이 감시자처럼 서너 걸음 떨어져 내 뒤를 쫓아왔다. 아무래도 값이 나가는 물건이어서 나보다 이곳에 오래 있었던 메인 멤버인 준성과 함께 배달을 보내는 것 같았다. 지하철을 타고 산으로 둘러싸인, 숙소가 있는 도시의 북쪽 끝에서 항구와 바다가 보이는 도시의 남쪽 종점으로 향했다. 준성과 나는 말없이 멀찍이 떨어져 앉았다. 인적이 드문 북쪽 종점에서 바다로 이어지는 남쪽 종점까지, 지도에 찍힌 지점으로 두 시간 넘게 지하철을 타고 가는 동안 우리 두 사람 사이로 수많은 사람이 타고 내렸다.

 종점에 도착해서야 준성과 나는 엉거주춤 눈빛을 나누고 일어섰다. 지하철 출구로 나오자마자 차이나타운 입구가 보였다. 우리는 그곳을 지나쳐 가파른 언덕을 올랐다. 공원으로 이어지는 언덕길 양쪽으로 벚나무가 흐드러지게 피어 있었다. 목적지에 다다르자 한눈에 항구가 내려다보이는 공원이 나왔다. 동상 밑에서 누군가 다가오면 정해진 수신호로 확인한 뒤, 그에게 물건을 건네주면 내가 맡은 일은 거기서 끝이었다. 그러면 다시 두 시간 동안 말없이 지하철을 타고 숙소로 돌아가 차가운 바닥에 등을 대고 실컷 잠 속으로 빠져들 수 있었다.

"여기 와 본 적 있어?"

지하철에서도, 언덕을 걸어 올라올 때도 말 한마디 없던 준성이 갑자기 물었다.

"어. 나 어릴 때 이 근처에서 살아서 몇 번 와 봤어. 너는?"

"나도 어릴 때 몇 번 와 본 적 있어."

짧은 대화가 끝나기 무섭게 준성은 갑자기 내 팔목을 세게 잡고 약속 장소인 공원 동상 쪽이 아니라 바닷가 항구 쪽으로 다시 걸어 내려갔다.

"어디 가는데. 우리 동상에서 기다려야 하지 않아?"

"그냥 따라와. 너도 숙소로 돌아가기 싫잖아."

준성은 제대로 된 설명도 없이 무작정 나를 끌고 내려갔다. 언덕 아래에서 막 떠나려는 버스를 가까스로 잡아탔다. 버스는 우리가 내린 지하철역을 지나쳤다. 인적 드문 곡물 창고와 공장 지대를 지나 바다가 보이는 쪽으로 향했다. 준성은 사방을 두리번거리면서도 상기된 표정으로 가끔 나를 바라보며 씩 웃었다.

종점에 내리자마자 그곳이 이름만 섬일 뿐 육지와 이어진 간척지라는 걸 금방 알 수 있었다. 그 간척지 위에 세워진

놀이공원은 전에 와 본 곳이었다. 여전히 오래된 술집의 우스꽝스러운 간판과 놀이기구가 을씨년스럽게 전구를 빛내고 있었다. 시끄러운 음악 소리와 함께 디스코팡팡의 둥그런 판이 정신없이 돌아가고, 교복을 입은 학생들이 좌석에서 떨어지지 않으려고 안간힘을 다해 난간에 매달려 있었다. 원판이 방향을 바꿀 때마다 휘몰아치는 비명이 들려왔다.

 늦은 오후가 되어 노을이 지기 시작했다. 디스코팡팡을 타던 소란스러운 무리가 버스 정류장으로 흩어져 버렸다. 잠시 사라졌던 준성은 유람선 승선권을 들고 돌아왔다. 공항 근처 바다까지 갔다가 돌아오는 배였다. 준성은 혹시 따라온 사람이 있는지 확인하더니, 우선은 유람선에 타서 어디로 갈지 생각해 보자고 했다.

 선착장에서 승선객 명부에 개인정보를 적고 탑승했다. 출항한 배는 해가 저물기 시작한 육지에서 점점 멀어져 바다로 나아갔다. 수십 마리의 갈매기가 배를 쫓아오기 시작했다. 배가 점점 속력을 올리자 갈매기 떼는 승객들이 던지는 새우깡을 낚아채기 위해 이리저리 몸을 날렸다. 멀리 육지에서 대관람차가 돌아가는 모습, 정박해 있는 컨테이너 화물선이 증기를 내뿜는 모습이 보였다. 준성은 매점에서 맥주 두 캔과 매운 새우깡 한 봉지를 사 와 난간에 몸을 기댔다. 바닷바람에 머리가 헝클어진 준성이 캔맥주를 따 내게 내밀었다.

 "이제 어쩌려고. 삼촌한테 연락 올 텐데."

"어쩌긴. 이제 다른 데로 가야지. 거긴 어차피 오래 있을 곳이 못 돼. 당분간 휴대폰은 비행기 모드로 해 놔."

나는 기다란 아사히 맥주 캔을 받아 들고 준성을 멍하니 바라보았다. 준성은 내 시선을 무시한 채 달려드는 갈매기를 향해 새우깡을 내던졌다.

바닷바람을 가르는 배를 타고 공항 근처를 돌아 선착장으로 되돌아왔다. 해가 완전히 넘어간 뒤였다. 놀이기구에 달린 요란한 조명등이 사방을 환하게 밝히고 있었다.

준성은 그때까지도 어디로 갈 것인지, 앞으로 어떻게 지낼 것인지 아무런 말도 해 주지 않았다. 우리가 공범이 된 것인지, 아니면 준성이 나를 제 나름대로 편리하게 이용하고 있는 것인지 혼란스러웠다. 그저 따라오라고 하고는 두세 걸음 앞서 걸을 뿐이었다. 준성은 놀이기구가 있는 쪽으로 향했다. 해변에는 바람이 많이 불었다. 초가을인데도 바람 탓인지 팔에 오소소 소름이 돋았다. 바람에 비릿한 바닷물 냄새가 뒤섞여 있었다.

바이킹을 탄 사람들의 비명이 귓가를 맴도는 바닷바람 소리와 함께 들려왔다. 가까이 다가가 보니 조금씩 낡고 녹슨 시설과 건물들이 눈에 들어왔다. 준성을 따라 걸으며 바닷가의 야경을 바라보는데 마냥 쓸쓸한 기분이 들었다. 다시 되돌릴 수 있다면, 지금이라도 그냥 숙소로 돌아가고 싶어졌다.

말없이 앞서 걷던 준성이 대뜸 뒤를 돌아보더니 대관람차를 타자고 했다. 매표소에서 표를 구매하고 대관람차로 갔다.

직원이 표를 확인했다. 직원은 칠이 벗겨진 대관람차의
쇠문을 열어 주었다. 준성과 나 말고는 대관람차를 타려고
기다리는 사람은 아무도 없었다. 타고 있는 사람도 얼마 없어
한산했다. 대관람차를 둘러싼 장식용 알전구에 노랗게 불이
들어와 있었다. 올라타고 얼마 지나지 않아 대관람차는 위로
조금씩 솟아오르기 시작했다. 먼지 낀 유리창 안으로 바람이
들이치는 소리가 요란했다. 오래된 대관람차가 천천히 움직일
때마다 삐걱거리는 소리를 냈다. 아무런 말도 하지 않는
준성과 함께 뭔가 큰일을 저질러 버린 것 같은 생각에 자꾸만
불안해졌다. 땅거미가 완전히 지고 두 바퀴쯤 돈 것 같았다.
그런데도 대관람차는 멈출 기미가 없었다. 바람이 점점
사나워져 대관람차가 크게 흔들거렸을 때, 아래로 떨어져
버릴 것 같다는 생각이 들었다.

 영원할 것처럼 돌아가던 대관람차가 멈춰 섰다. 직원이
문을 활짝 열어젖혔다. 준성이 나의 손을 잡아끌며 자리에서
일어나 대관람차를 빠져나왔다. 준성은 잡았던 내 손을 놓고
다시 두세 걸음 앞서서 해변을 향해 걷다가 뒤를 돌아봤다.
준성은 아는 빈집이 있다고, 우선 그곳으로 가자고 했다.
오늘은 우리에게 갈 곳이 있어서 다행이라며 내가 들고 있던
쇼핑백을 가져가더니 내 빈손을 꼭 잡아 주었다.

숙소에 모든 짐을 두고 온 탓에 틈틈이 물건을 팔아넘긴

돈으로 탑텐에 들러 입을 만한 옷을 몇 벌 새로 사야 했다. 마트를 돌아다니며 시식 코너에서 배를 채웠다. 그것으론 모자라 근처 편의점에서 준성과 삼각김밥을 하나씩 사 먹었다. 허기가 가시자 나른해지며 졸음이 몰려왔다. 준성과 함께 가지고 달아난 물건으로 마련한 돈도 점점 떨어져 가고 있었다. 돈을 아껴야 했다. 되도록 저렴한 음식으로 배를 채웠다. 빈집에 갈 수 없는 밤에는 무인으로 운영되는 카페나 코인 빨래방 같은 곳에서 새우잠을 자며 모자란 잠을 채웠다. 낮에는 최대한 이곳저곳을 돌아다니며 쪽잠을 나눠 잤다. 동이 트면 다시 부족한 잠을 채우기 위해 평일 오전이라 아직은 한산한 백화점 매장 안으로 들어갔다. 화장실 앞이나 구석에 있는 소파에 주저앉았다. 준성과 나는 번갈아 가며 서로의 어깨에 기대어 까무룩 잠이 들었다.

  준성과 나는 밤이 되면 번화가 근처에 있는 공원으로 갔다. 처음 보는 사람들과 둘러앉아 담배를 나눠 피웠다. 누가 사 왔는지 알 수 없는 소주도 함께 마셨다. 나는 낯선 사람들과 그렇게 시간을 보내는 것이 마냥 불편했다. 그냥 그들 사이에 끼어 앉아 준성을 바라보며 어색하게 웃을 뿐이었다. 이곳에서 숙소의 아이 중 하나가 우리를 알아보기라도 한다면 위험한 일을 당할 게 뻔했다. 내가 그런 걱정을 비치건 말건 준성은 밤이 되면 공원에 가고 싶어 했다. 자신과 비슷한 친구들이 많아서 편하다고 했다. 몇 년 전 다른 숙소에서 봤던 친구를 만나면 준성은 흥이 올랐다. 밤에도 사람이 넘쳐나는 거리를 그들과 함께 활보했다.

자정이 지나 한산해진 공원에는 데이팅 앱이나 인터넷 커뮤니티 게시판에서 알게 된 아이들이 모여들었다. 그들은 종이컵에 술을 따라 마셨다. 밤이 깊어지면서 지친 아이들은 서로 무릎을 베고 돌아가며 잠에 들었다. 나도 졸음이 쏟아져 준성의 무릎에 누워 깜빡 잠들었다. 동이 틀 무렵 잠에서 깨 보니 준성은 없었다. 대신 머리 아래 받쳐 둔 준성의 재킷이 있었다. 준성을 찾아다니다가 공원 화장실 쪽으로 향했다.

준성은 공원 화장실 앞 벤치에 앉아 햇볕 아래 졸고 있었다. 흔들어 깨우자 준성은 멋쩍은 듯 하품을 했다. 준성은 다시 잠을 자러 가자고 말했다. 준성과 함께 지하철을 타고 또 다른 빈집으로 향했다. 목요일에만 허락되는 집이었다. 최소한 목요일에는 우리에게 돌아갈 집이 있었다.

도시 외곽의 구도심에는 작은 빌라들이 늘어선 주택가가 있었다. 목요일의 집은 거기에 있는 오래된 단독주택이었다. 현관문을 열고 들어서면 익숙한 살림집의 냄새가 났다. 문을 열자마자 찌개와 반찬 냄새 같은 것들이 섬유유연제 향과 뒤섞여 함께 몰려왔다. 목요일마다 그 집이 비는 걸 어떻게 알아냈는지 준성은 말해 주지 않았다. 누구의 집인지도 알려 주지 않았다.

"나도 너처럼 이런 집을 좀 더 알고 싶어. 우린 이런 집이 더 필요해."

"알고 싶다고 구해지는 것도 아니야. 공원에서 만난 애들 몇몇이랑 공유하기도 하고. 근데 위험하니까 그냥 따라다니기나 해."

"근데 언젠간 혼자 움직여야 할 수도 있잖아."

"미리 쓸데없는 걱정 좀 하지 마."

평일 중 하루는 이 집에서, 주말에는 바닷가 쪽에 공실로 남아 있는 미분양 신축 빌라에서 지낼 수 있었다. 이런 빈집을 몇 군데 더 알고 싶었다. 그러면 앞으로 우리는 밖에서 노숙하거나 코인 빨래방에서 엎드려서 쪽잠을 잘 필요가 없을 텐데. 떠돌아다니지 않아도 될 텐데. 방을 바꿔 가며 자듯 요일마다 다른 집에서 잠을 자면 될 텐데. 사실 빈집은 어디에나 있었다. 우리가 모르고 있을 뿐이었다. 그러나 준성은 무엇을 경계하고 두려워하는 건지 빈집을 더 찾으려는 노력을 하지 않고 있었다.

준성은 목요일의 집에 도착해서도 체취나 흔적을 남기지 않기 위해 필요 이상의 것들은 건드리지 말라고 내게 몇 번씩 주의를 줬다. 나는 다용도실에 놓인, 묶음으로 사 놓은 빵이나 라면 같은 것들만 몇 개 가방에 챙겨 넣었다. 이 집에 사는 사람들은 좌식 생활을 하는 모양이었다. 제대로 된 소파도 없어서 침대 대신 누울 만한 곳이 없는데도, 준성은 침대 위로 올라가려는 나를 만류했다. 하루만 자도 금방 체취가 배기 마련이라고 했다. 준성과 나는 각자 씻고 나왔다. 거실 바닥에 얇은 담요를 깔고 나란히 누웠다. 준성이 내미는 팔 한쪽을 베고 잠들었다.

나는 목요일의 집에 오는 것만으로도 기분이 좋았다. 그다지 좋은 위치에 있는 것도 아니고 창밖으로 보이는 풍경도 없었지만, 사방이 벽으로 막혀 있어 불을 켜고 있어도 밖으로 불빛이 새어 나갈 걱정을 하지 않아도 됐다. 그래서 꼭 그곳이 준성과 나만의 집인 것만 같았다. 비록 목요일에만 우리에게 허락되는 집이었지만, 내일이면 아무런 흔적도 없이 떠날 수 있는 곳이었다.

K의 집에 처음 가게 된 건, 준성이 사라진 뒤 낯선 이들의 집을 전전할 때였다. 다른 이들과 달리 그녀는 내게 별다른 것을 요구하진 않았다. 이름도 나이도 알려 주지 않았지만 내 이름도 묻지 않았다. 다만 자신을 언니라고 부르지 말고, 그냥 K라고 부르라고 했다. 그저 집을 비울 때가 많으니 음식은 냉장고에서 알아서 꺼내 먹고 집을 어지르거나 맘대로 물건을 건드리지 말 것, 그리고 자신이 집에 있을 때 혼자 있는 게 싫으니 웬만하면 같이 있어 달라는 것 정도를 요구했다.

나는 그녀의 초대가 뭔가 꺼림칙했지만, 내심 궁금하기도 해 순순히 그녀를 찾아갔다. 처음으로 그녀가 사는 도심 강변의 아파트에서 밤을 보냈을 때, 침구에 맴도는 향기가 환각제처럼 나를 어지럽게 했다. 내 보잘것없는 옷가지에 비해 그녀가 빌려준 옷과 침구는 너무 포근하고 부드러웠다. 잠깐씩 잠에서 깨어날 때마다 아주 높은 곳을 비행하다 떨어진 듯 아찔한 기분이 들어 몇 번씩 이불을 움켜쥐어야 했다.

K가 술에 취해 잠든 동안, 나는 집 안을 돌아다녔다. 내가

거쳐 온 그 어떤 집에도 존재하지 않았던 공간인 서재와
드레스룸, 그리고 몇 개의 방으로 이루어진 그녀의 집은
마치 커다란 모델하우스 같았다. K는 남편도, 가족도, 가까운
친구도 없다고 했다. 홀로 고요한 집을 배회하고 있으니, 왠지
방치된 빈집에 몰래 숨어들어 온 듯한 기분이 들었다. 거실에
놓인 상아색 가죽 소파에 앉으면 강변 옆 대로에 끝없는
차량의 행렬이 보였다.

K, 그녀가 침대에서 술을 마시고 있을 때, 젊은 나이에
어떻게 이런 것들을 다 얻을 수 있었냐고 물어도 그녀는
알 수 없는 미소만 지어 보였다. 그녀는 마치 어린아이를
내려다보는 듯한 표정으로 한숨을 내쉬며 말했다.

"넌 내가 이 집을 얻는 대신 뭘 잃어버렸는지 모를 거야. 난
한 번도 나였던 적이 없거든."

K에게 몇 번을 물어도 수수께끼 같은 답만 돌아왔다.
그녀의 옆엔 단지 가족의 자리만이 비어 있는 것 같았다.
언젠가 머지않아 그녀 옆에 한 남자가 자리하게 될지도
모른다. 어쩌면 그들을 닮은 아이가 생길지 모른다. 그들
사이에서 생겨날 아이가, 그 아이의 미래가 못마땅하게
느껴졌다.

K, 그녀의 집에서 마지막으로 훔쳐 온 것은 그녀의 지갑과
디올 립스틱, 그리고 방구석에 놓여 있던 작은 배낭이었다.

어느 날 아침, 그녀의 침대에서 눈을 떴을 때, 화장대 위
빨간색 가죽 지갑과 뚜껑 열린 립스틱이 이른 새벽의 어스름
속에 잠겨 있었다. 내일은 그녀가 아침 일찍 사무실로
출근해야 하는 날이었다. 퇴근하면 곧장 집으로 올 것이
분명했다. 립스틱과 지갑을 주머니에 넣고 K의 옷 몇 벌과
짐을 작은 배낭에 챙겨 집을 나섰다. 언제까지고 이곳에 머물
수는 없었다. 준성이 사무치게 보고 싶었다. 준성이 떠난
뒤에도 나는 목요일이면 함께 가던 빈집에 가고, 주말이면
머물던 바닷가 인근의 미분양 빌라에도 가 보았다. 준성은
어디에도 나타나지 않았다. 계속해서 연락도 되지 않았다.

  언젠가는 시작했을 일이었지만, 그게 좀 더 빨라졌을
뿐이다. 또 다른 숙소에 들어가거나 청소년 보호 센터나
쉼터에 갔다가 집으로 돌려보내지지 않으려면 무엇이든 해야
했다. K의 지갑 속 신분증 사진과 최대한 비슷하게 보이기
위해 그녀의 옷을 입고 그녀 스타일로 화장했다. 지하철역
근처 허름한 미용실에 찾아가 머리를 단발로 정리했다.
K의 주민등록증과 이름으로 이력서를 써서 지하철 역사나
길거리에 있는, 화장품을 파는 작은 로드 숍들을 돌아다녔다.

  일을 구하는 것은 생각보다 쉽기도 하고, 쉽지 않기도 했다.
프랜차이즈 카페나 패스트푸드점같이 임금 체불 가능성이
적은 좋은 조건의 일자리보다는 오히려 적당히 눙치고 넘어갈
수 있는 열악한 조건의 일자리가 필요했다. K의 신분증은
갖고 있었지만 그녀 명의로 된 통장은 없었기 때문에 임금을
현금이나 타인 명의로 받을 수 있어야 했다. 건강보험이나

4대보험이 적용되지 않는 작은 곳을 찾아야 했다. 우선 기본적인 서류인 주민등록등본과 가족관계증명서는 민원인들로 붐비는 지하철역 주변의 동주민센터에서 그녀의 주민등록증을 내밀고 별문제 없이 뗄 수 있었다. 대기인 수가 수십 명에 다다르는 정신없는 곳이었다. 돋보기안경을 쓴 직원은 내 얼굴을 한 번 쓱 보고는 내게 필요한 서류를 건네주었다. 그녀의 주소는 그 아파트가 아닌, 들어 본 적 없는 낯선 도시의 지번으로 되어 있었고, 가족관계증명서의 부모란은 텅 비어 있었다.

내가 구한 일자리는 지하철역과 연결된 오래된 지하상가에 있었다. 손님이 별로 없어 곧 폐업 직전처럼 보이는 화장품 로드 숍이었다. 매대에는 열 묶음을 사면 두 개를 더 얹어 주는 만 원짜리 마스크 팩 세트와 천 원대의 색조 화장품, 그리고 매니큐어와 알로에 젤 같은 값싼 상품들이 주를 이루고 있었다. 지하철을 타려는 수많은 사람들이 지나갔지만 제품을 구매하거나 구경하는 사람은 거의 없었다. 나이가 50대쯤 돼 보이는 여사장은 힘든 일은 별로 없을 거라며 근로계약서 작성을 건너뛰었다. 최저시급도 주휴수당도 줄 수 없다며 딱 잘라 말했다.

"제가 사정이 있어서 그런데, 급여는 매주 현금으로 받을 수 있을까요?"

사장은 젊은 아가씨가 무슨 돈이 필요해서 이런 일을 하냐고 물었다. 메이크업을 배울 생각인데, 부모님이 반대 중이라고 말했다. 아르바이트를 하며 천천히 연습해서 뷰티

전문 유튜버가 될 계획이라고 둘러대니 그럭저럭 믿는 눈치였다.

  손님이 뜸한 시간에는 가게 안에 진열된 제품으로 유행하는 메이크업 스타일을 따라 했다. 나는 정말 본격적으로 메이크업을 배워 볼 생각이었다. 언젠가 준성과 살 집을 구하고, 메이크업 일을 하며 지낼 수 있으리라고 막연하게 기대하고 상상했다. 그러면 답답한 지하상가에서의 시간이 그리 더디게 느껴지지만은 않았다.

  K, 그녀를 다시 보게 된 건 일을 시작한 지 세 달쯤 되었을 때였다. 평일에 이따금 들어오는 손님은 누군가를 기다리거나 시간이 남아도는 사람들뿐이었다. 그들은 사지도 않을 색조 화장품을 괜히 손등에 테스트하며 시간을 보냈다. 거스러미가 일어나고 밋밋해 보이는 손톱에 매니큐어를 칠하고 아세톤으로 지우기를 반복했다. 그들은 한참 이것저것 구경하다가 내 눈길을 느끼고는 머쓱해져 마지못해 2천 원짜리 펄이 들어간 매니큐어를 하나 사서 매장을 나섰다. 사장은 사람이 많이 지나다니는 시간에 적극적으로 호객하라고 했지만, 어차피 바삐 지나치는 사람을 향해 말을 붙여 봤자 손사래를 치며 걸음을 재촉할 뿐이었다.

  K는 내가 다른 손님을 상대하는 사이 매장으로 유유히 걸어 들어왔다. 몇 가지 립 제품을 손등에 테스트했다. 그러더니 브러시도 없이 가운뎃손가락만으로 푸른색 아이섀도를 눈가에 펴 발랐다. K를 닮은 누군가가 아닐까.

아니, 분명 그녀는 K였다. 나와 눈을 마주치며 마치 내 정체를 다 알고 있다는 듯 계산대로 다가왔다. 나는 입고 있던 앞치마와 유니폼을 모두 집어 던지고 그 자리를 박차고 도망치고 싶었다. K, 그녀는 자신의 옷을 입고, 자신과 비슷한 헤어스타일을 하고, 자신처럼 화장한 내 모습을 또렷이 바라보고 있었다. 하지만 사람 한 명 지나다니기 힘들 정도로 화장품으로 꽉꽉 들어찬 매장에서, 그녀를 제치고 내가 도망칠 통로는 없었다. 그녀가 다가와 계산대 위에 올려놓은 것은 내가 그녀에게서 훔친 것과 비슷한 색조의 립스틱이었다. 그녀는 내 명찰에 새겨진 자신의 이름을 뚫어지게 바라보며 잠시 말없이 서 있었다.

"네가 가져간 작은 배낭 말이야. 그 가방을 돌려받으러 왔어. 나한테 소중한 물건이거든."

이제 와서 그 낡고 볼품없이 작은 배낭 하나 돌려받겠다고 나를 찾아왔다는 게 거짓말처럼 느껴졌다. 그리고 그 가방은 의류 수거함에 넣어 버린 지 오래였다. 나는 영문을 모르겠다는 듯 고개를 내젓고 침묵했다. K는 쓴웃음을 지었다. 그녀는 잠시 머뭇거리다 다시 한번 차갑게 웃고는 계산도 하지 않은 채 립스틱을 챙겨 내 앞을 떠났다.

나는 지난 몇 달간 K의 지갑과 옷가지를 훔쳐 달아나 그녀의 이름으로 일하고 있었다. 그렇지만 언제까지 숨어 살 수 없다는 건 알고 있었다. 마치 자백하라는 듯 찾아온 그녀를 모른 체할 수 없어 그날 저녁, 그녀의 집으로 향했다.

현관문은 평소와 다르게 열려 있었다. 초인종을 누르지

않고 들어갔다. 침실로 향했으나 아무도 없는 듯 어둡고
조용했다. 문단속을 제대로 하지 않은 채 집을 비운
것일지도 모른다. 장식장 안에 놓여 있던 부엉이 인형들은
모두 사라졌다. 집 안 이곳저곳을 다니며 그녀의 흔적을
찾아보려 했으나 내가 보았던 그녀의 옷이나 화장품들은
모두 온데간데없이 사라져 버렸다. 빈집처럼 빈 가구와 상자
더미만 쌓여 있었다.

  문이 열리는 소리가 들렸다. 낯선 사람들이 집 안으로
들어왔다. 그들은 거실 불을 켰다. 나를 발견하자 놀라 소리를
지르기 시작했다. 그들의 비명을 듣고 나서야 나는 알 것
같았다. K는 이미 흔적도 없이 사라져 버렸다는 것을.

  나는 그들에게 물었다. 여기에 살던 K라는 여자를 보지
못했나요. 나는 지갑에서 그녀의 사진을 꺼내 내밀었다.
그러자 그들은 고개를 돌리고 웅성거렸다. 사진을 받아 든 한
여자가 내 얼굴과 사진을 번갈아 보며 말했다. 가족을 찾는 거
같은데, 여기는 1년째 빈집이었어요. 그들의 눈에 나는 빈집에
들어와 이상한 소리를 내뱉는 불쾌한 어린아이에 불과할지도
모른다. 그들은 곧 여기서 뭘 하는 거냐고, 당장 나가라고
소리를 질렀다. 나는 K와 내가 있던 집에서 걸어 나오며
뒤를 돌아보았다. 문이 닫히기 전, 텅 빈 장식장 유리에
비친 강변의 야경과 함께 점멸하는 자동차들의 불빛이 눈에
들어왔다.

준성과 함께 갔던 곳들을 돌아보기로 했다. 명절을 맞아 지하상가는 문을 닫았다. 할 일도 없었고 만날 사람도 없었다. 마지막으로 나를 찾아왔다가 흔적도 없이 사라진 K의 집에도 갈 수 없었다. 왠지 준성과 처음으로 갔던 바닷가 근처의 빈집에 가면 준성을 다시 만날 수 있을 것만 같았다. 지하철을 타고 도시의 남쪽 종점역에 내려 바다를 향해 걷는데 길에는 사람이 한 명도 없었다. 레미콘 차량과 덤프트럭이 매연을 뿜어내며 달리고 있었다. 가끔 시내버스가 정류장에서 나를 기다리듯 잠시 멈춰 섰다가 다시 출발했다.

  빌라 안에는 누군가 다녀간 흔적이 어수선하게 남아 있었다. 검은 먼지를 뒤집어쓴 여러 발자국이 보란 듯이 거실과 주방 할 것 없이 가득 찍혀 있었다. 적어도 대여섯 명은 이곳에 다녀간 것 같았다. 내가 인기척을 살피며 발자국이 끊긴 방문을 열었을 때, 그곳에는 준성이 메고 다니던 배낭이 먼지로 뒤덮인 채 접혀 있었다. 준성이 내게 마지막으로 남긴 흔적 같았다. 한눈에 보아도 무언가 잘못되었다는 것을 알 수 있었다. 배낭을 열자 준성의 체취가 밴 몇 벌의 티셔츠와 지갑, 그리고 쪽지가 있었다.

  준성, 너는 더 이상 이곳에 있지 않았다. 너를 쫓아온 숙소의 무리를 피해 배에 몸을 실었다. 지금쯤 아마 거대한 화물선의 바닥이나 어선에 몸을 숨기고, 운이 좋다면 태평양 쪽, 혹은 인도양 쪽에 당도하게 될 것이다. 왠지 모르게 자꾸만 검푸른 바닷속으로 한없이 가라앉고 있는 너의 얼굴이 떠올랐다. 너의 손길에서 전해지던 따듯한 온기가 그리웠다. 너는 살아 돌아오겠다고 했다. 너는 정말 되돌아올 수 있을까. 목요일의 집에서 우리는 다시 만날 수 있을까. 우리는 끊임없이 자신을 버려야 했고, 때때로 서로를 버려야 했고, 도움을 청할 곳이 어디에도 없었다. 돈을 구하기 위해 네가 아닌 내가 움직였다면, 바다를 표류할 사람은 나였을 것이다.

 다른 사람이 먼저 너를 발견했다면 너를 가족에게 돌려보냈을까, 경찰에 신고했을까. 나는 네가 남긴 쪽지를 읽고 주저앉아 버렸다. 신고했다면 달라졌을까. 집을 떠나 숙소에 숨어 산 지 오래된 아이들, 숙소 삼촌의 말이라면 살아남기 위해 무엇이든 할, 나와 닮은 어린아이들. 그들을 떠올리자 아무것도 할 수가 없었다.

 너는 매달 20만 원이 들어오는 체크카드, 증명사진 몇 장, 신분증, 그리고 작은 수첩 하나를 내게 남겼다. 수첩에는 뜻밖에도 네가 정리해 놓은 빈집의 주소와 집이 비는 요일과 시간대, 그리고 열쇠가 놓인 곳과 비밀번호 같은 정보가 빼곡히 적혀 있었다.

준성, 한동안 나는 네가 되어야 했다. 아니, 나는 이미 나도 K도 아닌, 김준성이 되어 있었다. 미용실에 가서 너의 사진을 내밀고 최대한 비슷하게 머리를 잘랐다. 아직 너의 체취가 남아 있는 옷을 입었다. 메마른 가슴 위로 붕대를 감았다. 준성, 내가 너를 대신해서 살아가도 될까. 살아야 할 이유를 알기 위해서든, 살아남기 위해서든. 허울뿐인 이 얼굴도, 이름도, 화장하듯 필요에 따라 언제든지 바꾸며 살아갈 수 있다고 생각했다. 뒤에 숨겨진 진심 같은 건 알 수 없었다. 누군가의 진심을 알고 마음을 나눴다고 생각하는 순간, 그들은 나를 배신하거나 떠나갔다. 잠시나마 내가 아닌 누군가가 될 수 있다는 것. 그것만으로도 족했다. 누군가가 나를 먼저 버리고, 속이고, 내게서 무언가를 빼앗기 전에 내가 먼저 그들에게서 가장 소중한 걸 훔쳐 달아나 버리고 싶었다.

준성, 너는 더 이상 내 곁에 있지 않았다. 그렇다면 내가 나에게 너와 같은 존재가 되어야만 했다. 그래야 나 자신을 지키며 살아갈 수 있을 것만 같았다. 너에게는 온전한 부모가 있고, 돌아갈 집이 있고, 매달 돈이 입금되는 카드가 있으니까. 너와 비슷하게 머리를 짧게 자르고, 네가 남긴 옷가지를 입고, 한동안 너의 이름으로 일을 하고, 언제라도 아프면 너의 이름으로 병원에 갈 수 있을 것이다.

나와 달리 너는 어엿하고 자유로운 성인이니까. 너의 부모도 왜인지 너의 삶에 관여하지 않았다. 준성, 너는 알고 있었을까. 내가 너를 대신해 한동안 너로 살아가게 될 거라는 걸. 그렇지 않았다면 왜 내게 너의 통장이며 옷가지며 신분증, 온갖 빈집의 주소와 정보가 적힌 수첩을 남겨 주고 갔을까.

나는 신분증에 적힌 주소를 한참 들여다보고서야 목요일마다 나를 데려가던 그곳이 너의 부모 집이라는 걸 알았다. 너는 왜 그 집에 머물지 못하고 떠돌아다녀야 했을까. 나는 너를 떠올리며 매주 목요일의 집에 찾아갔다. 너의 어릴 적 사진을 뒤적거리기도 하고, 샤워를 마친 후 네가 입던 옷을 입고 잠들기도 했다.

어느 날, 바닥에서 잠들었다 뒤늦게 깨어났다. 서둘러 짐을 챙겨 나가려는데 집 안에서 인기척이 느껴졌다. 나는 배낭에서 야구 모자를 꺼내 눌러쓴 뒤 얼굴을 최대한 가리고 현관문을 향해 조용히 발걸음을 옮겼다. 그때 뒤에서 나긋하고 온화한 음성이 흘러나왔다.

"오랜만이다. 밥은 먹고 다니는 거니?"

낯선 여성의 목소리였지만, 준성 어머니라는 것을 바로 알 수 있었다. 내가 급히 몸을 낮추고 운동화에 발을 끼워 넣는 순간, 그녀가 나를 뒤에서 와락 껴안았다. 나는 아무런 대답도 하지 못한 채 그대로 그녀의 뜨거운 숨이 내 귓가에 와 닿는 것을 느꼈다. 준성은 언젠가 이곳으로 돌아올 게 분명했다. 나는 온몸으로 준성이 아니라고 표현하고 싶었다. 그런데도 도무지 그녀의 팔을 뿌리치고 나갈 수가 없었다. 이곳은 목요일의 집, 바로 준성의 집이었으니까.

"준성이는 곧 돌아올 거예요. 정말이에요."

준성은 바다를 향해 떠났다고, 한동안 돌아올 수 없다고 말해야 했지만, 아무런 말도 할 수 없었다. 그녀는 아랑곳하지 않고 나를 안은 팔에 힘을 주며 자신의 볼을 내 얼굴에 갖다 댔다.

"준성아, 무슨 소리야. 넌 이미 이렇게 돌아왔는걸."

그녀의 숨결이 느껴지자 북쪽인지 남쪽인지, 어느 방향인지 모를 바다를 표류하며 물속으로 가라앉는 준성의 검푸른 얼굴이 자꾸만 떠올랐다. 그녀의 포옹에 나는 물에 빠진 것처럼 허우적거렸다. 조금이라도 힘을 빼면 그대로 주저앉을 것만 같았다.

"넌 이미 돌아왔어, 준성아."

난 할 말을 잃고 고개를 내저었다. 운동화에 발을 넣은 채 주저앉았다. 그녀는 나를 놓아주지 않았다. 나는 포기한 채 그녀의 주름진 팔 언저리를 이따금 쓰다듬었다. 그녀와 나는 한참 서로의 뜨거운 숨소리를 주고받았는데, 그건 마치 저 바다 깊은 곳에 잠겨 있던 무언가가 부력에 의해 떠오르는 소리 같기도 했다.

수상 소감

뒷걸음을 치느라 길을 헤맸다. 줄곧 써야 한다는 강박에 시달렸다. 읽지 않으면 괜찮을까 싶어 일부러 소설을 읽지 않고 지낸 시절도 있었다. 그런데 정작 쓰지 못하고 뭘 해야 할지 몰라 1년 내내 잠에 빠져 지내기도 했고, 종일 쓸데없는 짓을 하며 밤을 지새우고, 길거리 이곳저곳을 쏘다니기도 했다. 그렇게 헤매며 20대를 다 보냈다. 이제는 그런 시간들마저도 소설을 쓰기 위해 필요했던 시간이라고 긍정하고 싶다.

정작 소설을 본격적으로 쓰기 시작한 건 코로나가 기승을 부리던 여름이었다. 더 이상 미룰 수 없었다. 그냥 쓰기 시작하면 소설이 그저 시작되는 거라고 믿었다. 그 후로 매해 우체국에 들러 원고를 보냈다. 답신이 오지 않을 편지를 보내는 사람처럼 묵묵히 철마다 우체국을 드나들었다. 직장에 다니며 주말마다 계속 소설 창작 수업을 들었다. 그렇게 한 해 두 해 지나며 작품이 쌓였다. 소설을 쓰며 보내는 시간이 좋았다. 소설을 쓰고 나서야 내가 많이 아팠다는 걸 알았다. 그래도 내가 쓸 수 있다는 사실. 허구를 긍정하며 소설이라는 장르에 발을 디디고, 걷고 있다는 사실만으로도 즐거웠다.

무엇보다 글을 쓰며 좋은 사람들을 많이 만날 수 있었다. 처음부터 지금까지 길을 헤맬 때마다 격려와 지지를 보내 주신 강영숙 선생님, 그리고 같이 쓰며 동료이자 좋은 친구가 되어 준 전지영 님, 지강숙 님, 오예슬 님, 예소연 님, 서고운 님, 김아나 님, 김학제 님께 늘 감사하고 있다. 앞으로도 이들과 함께 소설을 쓰며 계속 걸어 나가고 싶다.

오재은

부족한 작품을 읽고 가능성을 발견해 주신 소영현 평론가님, 안보윤 작가님, 염승숙 작가님, 성현아 평론가님께 앞으로 꾸준히 소설을 쓰는 것으로 보답하겠다는 말씀을 전하고 싶다. 또한, 이 작품집이 나올 수 있도록 애써 주신 정소영 편집자님, 그리고 열림원 관계자분들의 노고에도 감사의 말씀을 올린다.

오재은

경기도 부천 출생. 한국외국어대학교 독일어과 졸업.
서울시 공무원으로 일하며 소설을 쓰고 있다.

가작

전예진

한강숙이 용

한강숙은 좀처럼 쉬는 일이 없었다.

새벽 5시에 일어난 강숙이 샤워를 하며 화장실 타일과 변기를 닦았다. 거실로 나와서는 마른오징어 몇 가닥이 남은 찬기와 맥주 캔을 치웠다. 손이 가는 대로 싱크대에 놓인 텀블러를 씻어 새 커피를 담은 뒤 냉장고를 열었다. 버섯볶음, 연근조림, 김자반, 배추김치를 꺼내 상을 차리고 도시락도 쌌다. 콩나물국을 데우는 사이 뉴스를 보다 비 예보를 들었다. 봄비치고는 강수량이 많았다. 우산을 내놓으려 현관으로 나갔다가 지저분한 바닥이 마음에 걸려 신발을 모두 장에 넣고 현관 바닥을 청소했다. 말끔해진 현관에 우산 세 개와 눈에 익은 신발, 그러니까 연보라색 운동화와 검은 로퍼, 그리고 강숙의 검은 운동화를 뒤축이 가깝도록 꺼내 놓았다.

가스레인지 불을 줄이고 딸 주희와 손녀 라율을 깨웠다. 방문과 창을 모두 열고 밥 먹어라, 연이어 말했다. 주희가 눈을 비비며 화장실로 들어갔다.

"늦게 왔으면 바로 자야지, 왜 자꾸 맥주를 마셔." 강숙이 주희의 뒤통수에 대고 소리쳤다. 샤워기 물소리가 들리자 목소리를 높여 덧붙였다. "먹었으면 치우기라도 하든가!"

밥과 국 세 그릇을 푸고 라율에게도 외쳤다.

"우리 라율이 밥 먹자!"

라율은 주희가 화장실에서 나올 때까지도 일어나지 않았다. 젖은 머리를 수건으로 감싼 주희가 식탁을 힐긋 보고는 방으로 들어갔다.

"난 안 먹어."

주희의 뒤통수를 보며 강숙은 한 대 쥐어박고 싶은 마음을 눌렀다. 마흔 중반이나 먹고 제 건강을 챙길 줄 모르는 막내딸이 갑갑하다가도 밤마다 맥주를 까는 속사정을 헤아리면 가슴이 내려앉았다.

"그래도 좀 먹지……. 라율이도 이제 일어나야지." 강숙은 딸과 손녀 방을 오가며 그들을 챙겼다. 식구에게 아침을 먹이는 일, 별일 없이 집을 나서게 돌보는 일, 무사히 하루를 보내도록 하는 일, 모두 강숙에게는 오래도록 해 온 일상이었다.

"정라율!" 주희가 매섭게 소리치며 딸 방으로 들어갔다. 이불을 젖히고 혼내는 소리가 들렸다. 라율이 얼굴을 잔뜩 찌푸린 채 나와 식탁에 앉았다.

"아, 나 밥 먹으면 늦는다고!" 라율이 칭얼거렸다.

강숙은 막 일어난 라율의 뽀얀 얼굴에 웃음이 나 고개를 돌렸다. 자식을 훈육하려 애쓰는 주희의 엄숙한 표정과 말투에 맞장구쳐 주고 싶었다. 주희는 강숙이 한창 세 아이를 키울 때보다 훨씬 나이가 많았지만, 강숙은 늘 주희가 그보다 어리다고 착각했다. 혼자 아이를 키우기에는 너무 미숙하고 여려서 도움이 필요하다고.

라율이 밥 세 숟가락을 마지못해 먹고 제 엄마 눈치를 봤다.

"나 지각인데…….."

"그럼 할머니가 깨울 때 진작 일어났어야지." 출근 준비를 끝낸 주희가 말했다. 현관으로 향하는 주희를 라율과 강숙이 뒤따랐다. 주희가 양손에 텀블러와 우산을 든 채 라율과

애틋한 인사를 나눴다.

"그럼 나 지각한다?"

라율이 집을 나서는 주희에게 묻자 주희가 현관문 사이로 짐짓 혼내는 표정을 지었다.

"할머니가 데려다줄게. 밥 좀 더 먹자." 강숙이 라율의 머리를 쓰다듬었다. 보드라운 머리카락이 손 아래 찰랑거렸다.

강숙은 서둘러 출근 준비를 하고 도시락과 카디건, 다른 짐을 챙겼다. 그새 현관에서 발을 구르는 라율과 집을 나섰다. 학교 근처에 도착하자 라율이 차창 밖을 가리키며 웃었다.

"김서연 쟤는 지각인데 또 걸어가고 있네."

"같은 반 됐다는 친구가 쟤야?" 강숙이 조수석을 힐긋거리며 물었다. "할머니가 친구랑 나눠 먹게 간식 사 줄까?"

"지금 사면 늦어요." 라율이 대답했다.

아침부터 억지로 깨서 밥을 먹고 제 엄마한테 혼도 났겠다, 속상한 티를 내느라 한껏 입을 내민 라율이 강숙 눈에는 그저 귀여워 보였다.

"너 어릴 때 할머니가 같이 살다시피 하면서 기저귀도 다 갈아 줬는데. 어디 갈 때도 만날 업고 다니고. 너희 엄마 아빠가……."

강숙은 이혼이라는 단어 앞에서 망설였다. 어릴 때 아빠나 이혼에 대해 말하면 지레 웃으며 아무렇지 않다고 말하던 라율은 언제부터인지 부쩍 그런 주제에 예민해졌다.

"할아버지가 아프지만 않았어도 내가 우리 라율이 밥도 챙겨 주고, 다 했을 텐데."

라율이 인사 없이 차에서 내렸다. 강숙은 차창을 연 채 라율이 멀어질 때까지 눈을 떼지 않았다.

"앞에 잘 보고! 뛰지 말고!"

강숙의 말이 연료라도 되는 것처럼 라율은 속도를 높였다. 강숙은 학교로 들어가는 라율을 확인하고 수영장 방향으로 차를 돌렸다. 작년 겨울 취업한 수영장은 주차장이 좁아 차로 출근하기 어려웠다. 보통은 대중교통을 탔지만, 라율을 데려다주는 날에는 수영장에서 걸어서 20분 거리인 한강 공원에 차를 세우고 걸어갔다.

비가 조금씩 내렸다. 강숙이 우산을 펼쳐 들고 차를 나섰다. 젊은 날에는 비가 싫지 않았다. 낭만적이라고 느껴 일부러 비를 맞기도 했다. 이제 강숙은 성긴 비조차 맞고 싶지 않았다. 빗방울이 배어 온몸이 축축해지는 상상에 빗소리만 들어도 울적해졌다.

졸혼 후 따로 살던 남편이 말기 폐암을 진단받았을 때, 강숙은 남편에게 돌아가 그를 죽을 때까지 간병했다. 어떤 시절을 보냈든 부부였기에, 무엇보다 아이들 아빠였기에 강숙에게는 당연한 일이었다. 작년 여름 남편이 사망하자 강숙은 이혼 후 아이를 혼자 키우는 주희와 돈을 합쳐 함께 살 집을 구했다. 좁은 집에 따로 사느니 넓은 곳에서 같이 살며 강숙이 가사와 육아를 돕는 편이 주희에게도, 라율에게도 나을 성싶었다. 살림을 합치며 강숙은 20여 년 만에 상근직을 구했다. 70대에 일자리를 찾는 일은 60대 때와 달랐다. 지원 가능한 곳이 더 적었고 나이 제한이 없어도 70대는 잘 뽑아 주지 않았다. 가까스로 면접 볼 기회를 얻었을 때 강숙은 허리를 꼿꼿이 펴고 눈을 반짝이려 노력했다. 조금이라도 더 건강하고 절실해 보여야 했다.

수영장 청소 일은 재미있었다. 애초에 손끝이 야무져 일이 어렵지 않았고 청소 후 깔끔해진 자리를 보면 제 역할을 해낸 기분이 들었다. 사람이 북적이는 일터라 외로울 틈도, 지루할 틈도 없었고 젊은 강사들, 수다스러운 노인네들과 말을 섞는 일도 즐거웠다. 오래갈 직장이 아닌, 소일거리에 가깝다고 생각했기에 부담도 크지 않았다.

일이 손에 익고 여러 진상 회원을 겪으며 강숙의 마음은 조금씩 달라졌다. 언제부터인가 강숙은 자꾸 지난날을 돌아봤다. 묻어 둔 기억이 문득 치밀 때가 있었다.

파란불이 깜박이는 신호등 앞에서 강숙이 걸음을 늦췄다. 빨간불이 켜지고 차들이 도로를 지났다.

강숙과 직장 동료가 '그 여자'라고 부르는 사람이 있었다. 감정이 격해지면 '그 여편네'라고 했고 듣는 귀가 없을 때는 '물 뚱뚱이'라고도 불렀다. 50대 초반으로 보이는 여자로 긴 머리를 적신 채 탈의실을 돌아다니는 사람이었다.

한번은 어느 젊은 여자가 수건을 놓고 갔다기에 강숙이 분실물을 보관하는 수납장을 열어 보여 줬는데 하필이면 그때 물 뚱뚱이가 그들 뒤에 서 있었다.

하이고, 알뜰하게도 모아 놨네. 물 뚱뚱이가 웃으며 말했다.

강숙은 얼결에 따라 웃었지만, 하나도 우습지 않았다. 쓰기 위해 모은 수건이 아니었다. 그러니 알뜰하다고 부를 일도 아니었다. 물 뚝뚝이도 그 사실을 모를 리 없었다.

여기 너무 더러워, 그죠? 더럽죠? 물 뚝뚝이는 툭하면 강숙을 불러다가 말했다.

그때마다 강숙은 속으로 생각했다. 더러워는 반말이지, 이 여편네야.

대수롭지 않게 넘겨 온 말들이 가슴에 박혔다.

강숙은 우산으로 얼굴을 가린 채 억지로 미소 지었다. 주변에 사람이 없는 틈을 노려 짧게 노래를 흥얼거렸다.

"출근 싫어용. 가기 싫어용."

기분이 처질 때마다 강숙은 즉흥으로 노래를 불렀다. 말끝에 '용'을 붙여 우스꽝스럽게 부르면 어이가 없어서라도 웃음이 나왔다.

"그래도 어쩌겠어, 출근해야죵."

정말 힘든 날엔 유치한 행동이 도움이 됐다.

수영장 건물에 들어서는 순간부터 강숙은 마주치는 모든 사람에게 큰 소리로 인사를 건넸다. 직원 휴게실에 점심 도시락을 두고 여자 탈의실로 들어갔다.

"안녕하세요. 회원님 머리 바꿨어요? 예쁘다, 잘 어울려요. 오랜만에 나오셨네. 네, 안녕하세요."

적막한 탈의실에 강숙의 목소리가 울렸다. 반갑게 근황을 늘어놓는 회원도 있고 목례만 하거나 그냥 지나치는 회원도 있었다.

강숙은 먼저 출근한 동료와 가볍게 인사를 나눈 뒤, 고장 난 90번 사물함을 열었다. 유니폼으로 옷을 갈아입고 남은 짐을 사물함에 넣고는 곧바로 일을 시작했다. 강숙이 청소해야 할 장소는 주로 여자 탈의실과 샤워실, 그리고 그 사이에 위치한 화장실이었다. 그에 더해 바깥 청소도 했다. 여자 탈의실과 샤워실을 잇는 길은 두 가지였는데 하나는 문짝 대신 불투명 비닐 커튼이 달린 문이었고 다른 하나는 양쪽으로 나가는 길이 있는 화장실이었다. 강숙이 탈의실 바닥에 흩어진 물기와 머리카락을 밀대로 닦았다. 회원들을 아슬아슬하게 피하며 발 사이를 파고들었다. 탈의실을 한 바퀴 돌고 연이어 한 바퀴를 더 돌았다. 바깥 청소를 끝낸 동료가 탈의실로 합류했다. 강숙이 동료에게 탈의실 청소를 넘기고 샤워실로 들어갔다. 수영을 끝내고 들어오는 물 뚱뚱이가 보였다. 속으로 콧방귀를 뀌며, 강숙은 웃는 낯으로 인사를 건넸다. 물 뚱뚱이는 강숙을 지나쳤다가 다시 그녀를 불러 좌식 수전 쪽 하수구를 가리켰다.

"여기 더러운 거 봐. 머리카락 천지예요."

샤워실은 반쯤 차 있고 곧 있으면 수업을 끝낸 회원들이 몰려나올 시간이었다. 강숙이 청소 솔을 들고 물 뚱뚱이가 가리킨 하수구로 다가갔다. 강숙이 머리카락을 긁어내는 동안 물 뚱뚱이가 기겁하는 소리를 냈다. 머리카락과 함께 반창고와 고무줄이 딸려 나왔다. 강숙은 그것들을 쓰레기통에 버리고 뒤이어 수영장으로 나가는 복도에 떨어진 머리카락을 쓸어 모았다.

샤워실을 한가득 채웠던 사람들은 금세 빠져나갔다. 15분이 지나자 샤워실에 남은 사람은 둘뿐이었다. 지난번 수건을 찾았던 젊은 여자가 마지막으로 샤워를 끝냈다. 강숙이 빈 샤워실 청소를 후다닥 끝내고 나왔을 때 젊은 여자는 마른 몸으로 탈수기 앞에 서 있었다. 타이머가 3분대를 지나는 모습으로 봐서 최대 시간인 5분으로 탈수기를 돌린 모양이었다.

　"아이고." 강숙이 탈수기 뚜껑을 젖혔다. "이거 이렇게 오래 돌리면 안 좋은데, 수영복 상해요."

　취미 수영 20년 차에 접어든 강숙은 이제 막 수영을 시작한 사람에게 해 줄 조언이 많았다. 탈수기가 과도하게 흔들릴 때, 수경에 바른 안티포그액으로 눈이 시릴 때, 수영모 자국이 깊게 남았을 때 간단한 방법으로 문제를 해결할 수 있었다.

　"아, 네……." 젊은 여자는 주춤하며 탈수기에서 수영복을 꺼냈다. 그러고는 탈의실로 나가는 대신 제자리에 가만히 서 있었다.

　수줍음을 타는가 보다고 강숙은 생각했다. 숫기가 없어 낯선 사람과 하는 대화가 어려운 모양이라고.

　"샴푸 향이 너무 좋네. 젊은 사람이라 그런가, 베이비파우더 냄새가 나요."

　긴장감을 풀기 위해 강숙은 가벼운 칭찬을 건넸다. 실제로 향이 좋기도 했다. 베이비파우더보다 향이 산뜻해 좀 더 가까운 사이라면 제품명을 물어서 주희에게도 사 주고 싶었다.

젊은 여자가 어색하게 웃었다. 강숙은 부끄러워하는 어린 영혼을 위해 밝은 미소를 지어 주었다.

점심시간이 오자 동료가 강숙을 탈의실 밖으로 보냈다. 연잎밥을 싸 왔다며 먼저 먹으라고 말했다. 탈의실과 샤워실을 오래 비우면 안 되어서 둘 중 한 명이 빨리 먹고 일을 넘겨받아야 했다.

"여사님." 직원 휴게실로 가는데 데스크 직원이 강숙을 불렀다. "아까 어떤 회원분이 민원 넣는 법을 물어봐서요. 왜 그러냐고 물으니까 청소하는 분이 자꾸 이것저것 말해 주시는데 그게 좀 불편하다고……."

"누가 그래요?"

"누구라고 말씀드리긴 좀 그렇고 아무래도 젊고 새로 오신 회원분이라 좀 신경 쓰이시나 봐요."

강숙이 탈수기 앞에 선 젊은 여자를 떠올렸다.

"나 별말 안 했는데? 내가 그랬대요?"

"그게, 키가 작은 분이라고도 하고. 또……."

"또 뭐요?"

"여사님이 정이 많으시잖아요."

데스크 직원이 입으로 웃었다. 강숙은 데스크에 놓인 작은 조화를 멍하니 바라보다가 겨우 알겠다고 대답했다.

직원 휴게실은 책상과 의자 하나를 겨우 밀어 넣은 좁은 공간이었다. 강숙이 자기 도시락과 연잎밥이 담긴 동료의 도시락을 꺼내 나란히 놓았다. 점심을 먹고 있자니 동료가 나왔다. 자기 몫의 그릇을 정리하며 강숙이 동료에게 민원 얘기를 전했다.

"지난 4개월 동안 별 진상은 다 봤다고 생각했는데 이런 사람은 또 처음이네. 잘해 줘도 난리다." 강숙이 속삭였다.

"언니가 말이 좀 많긴 하잖아."

강숙이 눈을 흘기자 동료가 장난스럽게 웃더니 진지한 어투로 말을 이었다.

"사람들은 청소하는 사람이 말 걸면 안 좋아해."

"아니, 내가 뭐 보험 팔아? 탈수기 오래 돌리면 수영복 망가진다고 딱 한마디 했다. 도와줘도 싫대?"

"나처럼 그냥 묵묵히 청소나 해. 싫다는데 왜 괜히 말을 걸어, 기운 빠지게."

남은 업무 시간 동안 강숙은 입을 다물었다. 머리카락은 뿌리까지 말려야 두피가 안 상해요, 귓구멍에는 금가루도 넣는 거 아니래요, 수영복 끈 다 꼬였다, 머리숱이 참 탐스러워요. 건네고 싶은 말을 참고 사람들을 지나쳤다. 그런 말은 싫어한다잖아, 내가 잘못 생각하는 거야, 민원 쓴다고 하면 고쳐야지, 청소하는 사람이 무슨. 마음속으로 중얼거렸다. 그러다 탈의실에서 샤워실로 들어가는 길에 불쑥 설움이 올라왔다. 내가 뭘 그렇게 잘못했지. 텅 빈 샤워실에서 강숙의 귀가 뜨거워졌다. 마치 물에 들어간 것처럼 소리가 번져 들렸다. 귀에 손부채질을 하며 강숙은 일을 계속했다. 탈수기는 짧게 돌리라는 말이 뭐, 수영복 망가진다는 말이 뭐, 세상이 참 각박해졌어. 귀에 이어 볼과 이마가 화끈거렸다.

샤워실 한쪽에 누군가 두고 간 수영모가 있었다. 강숙이 수영모를 들고 탈의실로 나가려다가 멈춰 섰다. 필요하면 자기가 알아서 찾겠지.

목덜미 살갗이 간지럽고 오그라드는 기분이 들었다. 처음 느끼는 감각에 강숙은 눈을 질끈 감고 샤워기 거치대를 잡았다. 얼굴과 등을 비롯해 온몸에 열이 올랐다. 강숙이 눈을 끔벅이며 앞을 쳐다봤다. 얇은 막이 낀 듯 시야가 흐렸다. 김이 서린 거울에 낯선 형체가 보였다. 목과 머리가 두껍고 뿔이 달린, 커다란 그림자가 거울을 채웠다. 강숙이 눈만 내리깔아 길어진 입과 벌름거리는 코, 그 아래 흉측한 손가락을 내려다봤다. 갈고리처럼 휘어진 두꺼운 손톱은 검고 날카로웠다. 강숙의 몸에 박힌 비늘이 반짝였다. 강숙이 손톱으로 거울을 긁지 않도록 손을 이리저리 돌리며 거울을 문질렀다. 손등에 난 비늘이 거울에 스치며 끼익하는 소리를 냈다. 물기가 닦인 자리에 두 눈과 얼굴이 드러났다.

주저앉은 강숙이 손으로 바닥을 짚었다. 긴 손톱에 타일이 긁히는 소리가 났다. 웬 헛것이 보여. 강숙이 중얼거리자 엉뚱하게도 말소리 대신 얇고 가벼운 금속이 스치는 소리가 들렸다. 상체가 수그러지며 가슴과 허벅지에 물기가 닿았다. 찬기는 느껴지지 않았고 몸으로 스며드는 물이 도리어 반가웠다.

사람이 이렇게 가는가 보다. 강숙은 생각했다. 생의 마지막처럼, 몸이 기이할 정도로 가뿐했다. 고질적인 무릎과 어깨 결림, 식후 몇 시간 동안 지속되던 속 쓰림이 사라졌다.

입 주위에서 수염이 뻗어 나왔다. 서예 붓처럼 두꺼운

수염이 길게 하늘거렸다. 강숙이 수염을 인식하자 흰 외곽선을 그린 듯 수염이 한층 선명해졌다. 무엇을 보든 마찬가지였다. 샤워기를 바라보면 샤워기가, 샤워기에서 흘러내리는 물방울에 집중하면 물방울이 바로 눈앞에 있는 듯 보였다.

  강숙이 바닥을 기어 구석으로 숨었다. 샤워실에 남은 사람은 없었지만, 다음 강습을 듣는 회원들이 언제 들이닥칠지 몰랐다. 밖에서 드라이기 소리와 화장실 물 내려가는 소리가 들렸다. 강숙은 엎드린 모습을 누구에게도 들키지 않기를 바랐다. 눈을 감고, 아주 작아져 보이지 않았으면 하고 기도했다. 다시 눈을 뜨자 천장 등이 보이지 않았다. 머리 위에 검은 지붕이 길게 이어졌는데 자세히 보니 샤워기 아래 달린 스테인리스 선반들이었다. 강숙이 라율의 학교 운동장보다 네 배는 커진 샤워실 바닥을 멍하니 바라봤다. 연한 베이지색 타일이 끝없이 펼쳐졌다.

  탈의실과 샤워실 사이에 달린 불투명 비닐 커튼이 펄럭이는 소리가 들렸다. 누군가 샤워실 앞 복도를 지나 탈수기로 걸어갔다. 곧 청소 솔에 긁혀 휩쓸리거나 최악의 경우, 발에 밟힐지 모른다는 위기감이 강숙을 사로잡았다. 강숙은 탈의실 쪽으로 방향을 잡고 전력 질주했다. 무릎이 바닥에 부딪치고 발가락이 홈에 끼어도 아랑곳없이 나아갔다. 탈의실로 나가 고장 난 90번 사물함까지 간 뒤 그 안에서 휴대폰을 꺼내야 했다. 딸에게 전화를 걸어 데리러 오라고 하면, 탈의실로 와 가방만 챙겨 가라고 하면, 가방에 숨어 들키지 않고 나갈 수 있었다.

  작은 도마뱀 같은 몸은 느렸다. 배를 대고 마찰을 이용해 꼬리를 끌어오려고도 해 봤지만, 미끄러질 뿐 앞으로 잘 나가지 않았다. 기어가도록 설계된 몸 같지 않았다. 움직임이 느린 데다가 측면으로 돌아간 눈 때문에 사방이 한눈에 들어와 어지러웠고 몇 걸음마다 나풀거리는 수염이 자꾸 강숙을 놀라게 했다.

  불투명 비닐 커튼을 몇 센티미터 앞에 두고 멈춰 섰다. 팔다리에 힘이 들어가지 않았다. 아픈 곳은 없었지만, 몸을 더 움직이기 어려웠다. 동료의 목소리가 들렸다. 서서히 턱과 배, 허벅지에 닿은 물이 사늘해졌다. 강숙이 눈을 감았다. 허리와 어깨관절이 찢어질 듯 아팠다. 누군가 손발을 각각 반대 방향으로 힘껏 당기고 그걸로 모자라 관절만 노려 두꺼운 바늘을 꽂아 넣는 것 같았다.

  "언니!" 동료가 강숙을 불렀다. 가위에 눌린 듯 눈꺼풀도 손도 꿈쩍하지 않았다. 소란이 일더니 몸이 뒤집히고 차가운 물줄기가 얼굴로 떨어졌다. 소스라치며 눈을 뜨자 그녀를 내려다보는 동료가 보였다. 강숙이 배와 허벅지를 더듬었다. 물렁한 살과 피부가 만져졌다.

  "밖에 청소하나 했더니 여기 쓰러져 있어! 큰일 날 뻔했다, 정말."

  강숙이 되찾은 몸을 더듬는 동안 동료는 연신 다행이라고 말했다.

  "앞으로 엎어졌는데 어떻게 코며 턱이며 다 멀쩡하대?

다행이다, 다행이야."

몸에는 정말 아무런 이상이 없었다. 일단 몸이 멀쩡하니 일은 했지만, 강숙은 남은 업무 시간 내내 집중하지 못했다. 언제 또 정신이 이상해질지 몰라 눈치가 보였고 괜히 주눅도 들었다.

동료는 몇십 분마다 강숙을 살폈다. 어디서 또 쓰러지지는 않을지 걱정하는 눈치였다. 퇴근하고 나가는 순간에도 곁에 붙어 말을 걸었다. 평소에는 크게 살가운 사람이 아닌데, 강숙은 문득 고마움을 느꼈다. 나란히 걷는 동료 눈에 젖은 눈곱이 보였다. 강숙이 동료 얼굴로 손을 뻗다가 허공에 멈췄다. 언니가 말이 좀 많긴 하잖아. 동료가 점심시간에 한 말이 떠올랐다. 나처럼 그냥 묵묵히 청소나 해.

어쩌면 동료는 강숙의 선의를 참견이라 생각해 왔는지도 몰랐다.

강숙이 가방에서 카디건을 꺼내 밀봉하듯 손을 감쌌다.

"왜 그래?" 시선을 느낀 동료가 물었다.

"아니야, 그냥."

동료 눈을 피하고 앞서 걸어가는 순간 다시금 귀가 화끈거렸다. 강숙은 고개를 숙이며 귀를 더듬었다. 둥글고 긴 귀가 강숙이 눈을 움찔거리는 순간에 맞춰 팔랑였다. 서둘러 카디건을 머리에 두르고 동료를 돌아봤다. 휴대폰을 들여다보던 동료가 강숙에게로 시선을 돌렸다.

"병원 꼭 가. 알았지?" 동료가 말했다. "우리 나이 때는 괜찮은 듯 보여도 다 검사해 봐야 해."

"응, 응." 강숙이 동료에게 손을 흔들고 서둘러 수영장 건물을 나갔다. 턱에 묶은 카디건 매듭을 손에 꼭 쥐고 한강공원으로 향했다. 차에 타 주변을 확인한 뒤에야 카디건을 내리고 귀를 관찰했다. 털이 부드럽고 제멋대로 쫑긋거리는 귀는 말 귀보다는 처졌고 사슴이나 소 귀처럼 보였다. 휴대폰으로 셀카를 찍자 사람 얼굴에 사슴이나 소 귀를 합성한 듯 보였다. 아무리 생각해도 샤워실에서 본 얼굴은 소가 아니었다. 머리에 뿔이 있고 입 주위에는 긴 수염이……. 강숙이 뺨과 인중을 긁었다. 긴 꿈인가, 일종의 병인가. 장고 끝에 고개를 저었다. 기력이 쇠해 헛것이 보이는 게 분명했다.

단골 한의원으로 가는 길에 주희가 전화를 걸어왔다.

"엄마, 라율이 다음 달 말에 콘서트 보는 거 알지? 저번에 얘기했잖아. 친구 두 명이랑 같이 간다고. 지금까지 다른 엄마들이 라이딩을 해 줘서 이번에는 내가 꼭 가기로 했는데 아무리 생각해도 4월 말에 정신이 없을 것 같아. 요즘 회사 분위기도 그렇고, 저번에 라율이 아파서 하루 쉰 날도 있잖아."

"어, 라율이?"

이런저런 고민에 강숙은 딸 말이 귀에 잘 들어오지 않았다.

"엄마가 데려다줄 수 있어? 애들 태우고 가서 굿즈 사는 거 보고 간식도 좀 사 주고 끝나는 시간 맞춰서 데려오면 돼. 엄마 안 되면 다른 집에 부탁해 놓게. 혹시 모르니까."

"어어, 되지. 달리 뭐 한다고. 너 밥은 먹었어?"

"일단 일하고 이따 먹으려고."

"또 빵 사 먹지 말고 잘 챙겨 먹어."

"엄마는. 먹었어?"

"어어, 집에 가야지."

"뭘 갑자기 집에 가. 저녁 먹었냐니까?"

"어?" 잠시 다른 생각을 하던 강숙이 딸이 하던 말을 떠올리려 애썼다. 저녁을 먹었냐고 묻고 그 전에 또 무슨 얘기를 했더라. 강숙은 딸에게 되묻는 대신 말을 돌렸다.

"너 한약 지어 주면 먹을래?"

"됐어. 저번에 그 비싼 거 다 버렸잖아."

"그래, 알았다. 일해."

주희는 기다렸다는 듯 전화를 끊었다. 평소와 다른 엄마의 목소리를 눈치채지 못하는 딸이 섭섭했지만, 한편으로는 모르니 다행이었다. 딸에게 걱정을 끼치기는 싫었다.

강숙은 잘 아는 길을 두 번이나 돈 끝에 한의원에 도착했다. 키오스크가 있었지만, 데스크로 걸어가 원무과 직원에게 말을 걸었다. 친절하고 사근사근해 강숙이 내심 편하게 생각하는 직원이었다. 강숙을 본 직원이 눈웃음을 짓더니 통화 중이던 송수화기를 막고 잠시만 기다려 달라고 말했다.

데스크에 놓인 달력과 안내 문구를 읽던 강숙이 데스크 안쪽에 놓인 서류와 휴대폰을 눈으로 훑었다. 하얀 휴대폰에 달린 초록색 스마트톡이 눈길을 끌었다. 사슴 혹은 소 같은 귀, 뿔과 흰 수염. 실사 같은 용 그림 아래 '오미자'라는 글자가 쓰여 있었다.

"한강숙 님 맞으시죠?" 그사이 전화를 끊은 직원이 해맑게 물었다. "오늘은 어떤 진료 받으러 오셨어요?"

"이름이 미자예요?"

"네?"

당황하는 직원의 얼굴에 강숙은 아차 입을 다물었다. 민원을 넣겠다고 했다던 젊은 회원의 얼굴이 떠올랐다. 원무과 직원도 비슷한 또래로 보였다.

"아, 이거요? 아니에요." 직원은 예상과 다르게 호쾌하게 웃었다. "이건 제가 나가는 모임 이름이에요."

"어쩐지. 젊은 아가씨가 이름이 특이하다 했지. 이런 거 물어봐서 미안해요."

"에이, 궁금하실 수 있죠." 직원이 손을 저었다. "제 이름은 다해예요, 양다해."

강숙이 눈을 가늘게 뜨고 직원이 내민 명찰을 내려다봤다.

다해라는 직원은 동시에 많은 일을 처리했다. 강숙이 보기에는 그랬다. 강숙이 접수를 하는 동안에만 세 명이 데스크에 와 말을 걸었고 전화도 한 번 왔다. 강숙은 접수가 끝난 뒤에도 데스크 옆에 서서 도울 일이 없을까 살폈다. 막상 크게 도울 만한 일은 없었다. 보험 처리를 하려는 젊은 총각에게 키오스크로도 신청 가능하다고 말해 준 게 다였다. 강숙의 말에 키오스크로 간 총각은 느릿하게 버튼을 누르며 고개를 갸웃거렸다.

키오스크에 대한 공포를 강숙은 누구보다 잘 알았다. 남편을 간병하며 혼자 키오스크를 쓸 일이 자주 있었는데 그 앞에 설 때마다 머리가 하얘져 엉뚱한 버튼을 누르곤 했다.

키오스크 앞에서는 당당해져야 한다고, 강숙은 말해 주고 싶었다. 지켜보는 사람일랑 무시한 채 차근히 버튼을 누르면 생각보다 어렵지 않았다.

총각에게 말을 거는 대신 강숙은 입을 꾹 닫고 손을 맞잡았다. 참아야 한다고 다시금 생각했다. 상대는 도움이 필요 없을지도 모르니까, 다른 사람이면 몰라도 늙은 강숙에게 도움받기는 싫을지도 몰랐다.

귀가 화끈거렸다. 열이 두 볼로 번지고 입 주변과 코가 간지러웠다. 강숙이 당황해 주위를 둘러보았다. 가방을 뒤져 카디건을 찾았다.

카디건을 다시 머리에 두른 순간, 데스크 너머에 앉은 다해와 눈이 마주쳤다. 살짝 웃음을 띤 얼굴로, 다해가 강숙을 바라봤다. 데스크를 나오더니 강숙을 병원 밖 복도 구석으로 데려갔다.

"왜 이런데요? 내가 뭐 어쨌다고……." 태연하게 들리기를 바라며 강숙이 말했다.

"용이시죠?" 대뜸 다해가 물었다.

"예?"

"용이시잖아요."

강숙이 입을 다문 채 고개를 숙이고 다해를 쳐다봤다. 죄라도 지은 사람처럼 강숙의 몸이 절로 수그러졌. 다해가 눈을 감고 침을 꿀꺽 삼켰다. 서서히 다해의 얼굴이 붉어지더니 귀와 눈, 코와 입이 변했다. 뿔이 돋아나고 몸이 조금씩 크고 길어졌다.

사람도 용도 아닌 무엇을 보며 강숙은 뒷걸음질 쳤다.

"환자분은 웜톤이라 그렇게 새하얀 티는 안 어울려요. 정 입고 싶으시면 아이보리색으로 입으세요. 푸른 기 도는 흰색이 얼굴색을 죽이거든요."

긴 주둥이에 간신히 입술 형태만 유지하던 다해의 입이 원래대로 돌아갔다. 나머지도 제 모습을 찾았다.

"보셨죠? 저도 용이에요." 다해가 말했다.

강숙은 입을 벌린 채 움직이지 못했다.

"저 무시하시고 한약 드셔도 되는데, 아마 드셔도 계속 변하실 거예요. 괜찮으시면 저희 모임 나오세요. 오픈채팅방에 '오미자오미자오미자7' 검색하시면 나와요. 들어가서 '오미자가 싫으면 오자미'라고 치세요. 그게 저희 암호예요."

다해는 깍듯하게 인사를 건네고 한의원으로 들어갔다.

강숙은 한의원에 간 지 사흘째 되던 날 오픈채팅방에 합류했다. 출근해 용으로 변하는 일이 반복되자 문제가 생겼다. 귀가 화끈거린다 싶으면 화장실로 들어가 원래대로 돌아가기를 기다렸는데 그러다 보니 근무 태만이라는 소리를 들었다. 참고 참던 동료가 도대체 왜 그러느냐며 짜증을 내기도 했다.

오미자의 풀 네임은 '오지랖을 미워하지 말자'였다. 강숙은 다해가 말해 준 암호를 치고 '왜 이런 건가요? 정보를 얻고자 합니다'라고 말했다. 묵묵부답인 가운데 모임장이라는 사람이 날짜와 시간을 말하며 대뜸 만나자고 했다. 모임에 참여하려면 먼저 모임장과 이야기를 나눠야 하는 모양이었다.

취조라도 당할 줄 알았던 자리는 예상외로 조용하게 흘러갔다. 꽁지 머리를 한 모임장은 20대 후반으로 보이는 여자였고 예의상 짓는 웃음조차 보이지 않았다. 모임장은 시음회라도 하는 사람처럼 커피는 어떠시냐, 조각 케이크를 좀 드시겠느냐 묻고는 입을 다물었다.

케이크와 남은 크림까지 긁어 먹은 뒤 강숙은 결국 모임장에게 처음 변한 날 찍은 귀 사진을 보여 줬다. 사진을 들여다본 모임장이 천천히 고개를 끄덕였다.

"그래서, 어떻게 해야 안 변해요?"

"저도 모릅니다."

"예?" 강숙이 황당해하며 모임장을 쳐다봤다.

"그래서 모임을 만든 거예요. 서로 얘기해 보자고요."

영 미덥지 않은 마음에 강숙은 모임장의 건조한 얼굴을 반히 쳐다보았다.

"어떤 식으로든 도움은 되실 텐데요," 모임장이 말했다. "싫으면 여기서 나가시면 됩니다. 이제 곧 회원들이 올 테니까요."

강숙은 자리에서 일어나는 대신 남은 커피가 엷게 퍼진 머그잔을 내려다봤다. 지하철역이 있는 큰길과 가까운 카페였다. 창밖을 지나는 사람도 꽤 있으니 혹시나 무슨 일이 생기면 그대로 뛰쳐나가는 것도 방법이었다. 강숙은 허리를 펴고 앉은 채 초조하게 회원들이 도착하기를 기다렸다.

회원은 강숙을 포함해 모두 8명이었다. 모임장, 양다해, 그들이 모인 카페의 사장, 60대 후반으로 보이는 안경 쓴 남자, 긴 수염에 비니를 쓴 젊은 남자, 그리고 나이가 강숙과 비슷하거나 더 많은 듯한 두 여자도 있었다. 친구인지 자매인지 몰라도 손을 꼭 맞잡고 모임 내내 놓지 않았다.

  새 회원이 온 기념으로 그들은 돌아가며 짧게 자신을 소개했다. 한 명씩 소개를 듣고 마지막으로 강숙이 이름과 언제 처음 용이 되었는지 말했다.

  "새로 오셨으니까 뭐든 물어보세요. 저희가 그래도 선배니까 아는 만큼 다 말씀드릴게요." 다해가 붙임성 있게 말을 걸었다.

  "제가 왜 그렇게 변하는지…… 그게 제일 궁금한데요." 평소의 그녀답지 않게 강숙의 목소리가 떨렸다. 강숙이 목을 가다듬으며 말을 이었다. "제가 용 노래를 불러서일까요?"

  "네?" 다해가 눈을 깜박이며 되물었다.

  "기분이 가라앉을 때 말끝에 '용'을 붙여서 노래하곤 하거든요. 힘냅시다용, 이렇게요."

  모임장을 제외한 회원들이 입술을 깨물고 고개를 숙였다. 대놓고 웃음을 터뜨리는 사람도 있었다.

  "아마 아닐 겁니다." 모임장이 신중한 얼굴로 말했다. "노래를 부르고 얼마나 지나서 용이 되셨죠?"

  "두 시간에서 세 시간 뒤였을 거예요."

  "그럼 용 노래를 부를 때마다 용이 되시나요?"

  "아니요, 그렇지는 않고 뭔가 귀가 화끈거리면 그게

신호더라고요."

"그렇죠. 그럴 거예요." 모임장이 뭔가를 선포하듯 의자 팔걸이를 손가락으로 두 번 두드렸다. "저희도 재작년부터 이유를 찾고 있는데 아마 오지랖 때문이 아닌가 싶어요."

"오지랖이요?"

"네. 오지랖을 참으면 용이 됩니다."

모임장이 그 증거라며 들려 준 설화는 다음과 같았다.

시산리 용바위에 얽힌 설화

전라북도 정읍시 칠보면에서 장군봉으로 오르는 길옆에 큰 용소가 있었다. 어느 날 나그네가 용소 주위를 지나다가 발을 헛디뎌 숨겨진 마을로 떨어졌다. 마을에는 어른이 없고 아이만 있었다. 나그네가 마을 아이들에게 물을 달라고 했지만, 아이들은 나그네를 피했다. 목이 마른 나그네는 용소로 올라갔다. 직접 물을 길으려다 도리어 용소에 빠지고 말았다. 살려 달라고 외치는 소리를 들은 아이들이 용소 주위를 에워쌌다. 하지만 손만 겨우 뻗을 뿐, 누구 하나 용소로 들어가 나그네를 구하지 않았다. 나그네가 정신을 잃고 깊은 물에 가라앉는 순간, 한 아이가 용소에 뛰어들어 나그네를 살렸다. 아이의 품에 안긴 나그네는 물에 잠긴 꼬리를 보았다. 놀란 나그네가 아이를 가리켜 뱀이라 불렀다. 그 순간 나그네를 둘러싼 아이들이 용이 되어 날았다. 나그네에게 꼬리를 드러낸 아이만이 그곳에 남아 그 모습

그대로 돌이 되었다. 이에 그 바위를 용바위라 하였다.

강숙 또래로 보이는 여자 중 모피 코트에 청바지를 입은 쪽이 흥분해 입을 열었다.

"오지랖을 참은 애들만 용으로 변하잖아요? 그러니까 우리도 오지랖을 참을 때 용이 되는 거지요."

꿈보다 해몽이라고 강숙은 생각했다. 아직 3월이라지만, 봄에 모피 코트를 입는 여자가 하는 말도 도통 믿음이 안 갔다. 그럼에도 강숙은 카페에서 뛰쳐나가지 않았다. 다음에도, 그다음에도 계속 모임에 나갔다. 모임 사람들은 주로 서로 살아온 이야기를 나누고 유용한 정보를 공유했다. 강숙은 사람으로 되돌아올 때 통증을 줄이는 법, 남들 몰래 오지랖을 부리는 법을 배웠고 용이 되면 쓸 수 있는 능력에 대해 들었다.

전해 내려오는 바에 따르면 동양 용에게는 물을 다스리거나 하늘을 나는 능력이 있었다. 실제로 용이 된 지 2년이 넘어가는 카페 사장은 용이 될 때마다 카페 문을 잠시 닫고 에스프레소 머신이나 제빙기를 구석구석 청소한다고 말했다. 잘만 하면 손 하나 쓰지 않고도 기계 내부를 깨끗하게 닦아 낼 수 있다고 했다. 모임장에 따르면, 용은 시대나 지역에 따라 다른 모습과 능력을 갖고 있기에 어떤 능력이 발현되어도 놀랍지 않았다.

"콜라를 좀 마셔 보세요." 카페 사장이 비밀을 말하듯 속삭였다. "콜라가 탄산 함유량이 높으니까 마시면 몸에 가스가 쌓이거든요. 그러면 몸이 더 가벼워져서 하늘을 날기가 더 쉬워요."

"아이, 사장님 또 그러신다." 다해가 사장을 가볍게 당기며 만류했다. "콜라 마신다고 탄산 가스가 몸에 쌓이진 않아요. 트림하고 방귀 뀌면 다 배출된다고 말씀드렸잖아요."

"아니, 내가 진짜 겪었다니까? 다해 씨, 나 무시해?"

강숙은 애초에 카페 사장 말을 진지하게 듣지 않았다. 콜라를 마시면 치아가 삭는다는 말을 들은 후로 자신은 물론 아이들에게도 콜라 한 방울 허락한 적이 없었다. 강숙이 아는 한, 그녀 자식들은 30대 초반까지 콜라를 마시지 않았다.

모임장을 비롯한 대다수 회원은 가족에게도 용에 대한 비밀을 털어놓지 말라고 조언했다. 설불리 말했다가 치매라는 소리를 듣거나 아주 안 좋은 경우에는 가족이 피해를 볼 수도 있었다. 조언을 받아들여 강숙은 자식들에게 모임이나 용에 대한 말을 하지 않았다. 함께 사는 주희에게는 마냥 숨기기 어려워 오미자차를 마시는 모임이라고 둘러댔다.

"엄마 신 거 안 좋아하잖아."

이럴 때만 예리한 계집애. 강숙은 당황한 기색을 감추고 도리어 목소리를 높였다.

"오미자차가 나이 든 사람한테 그렇게 좋단다. 챙겨 주지는 못할망정."

"라율이 학원 하나 그만둬서 일찍 오는 날도 있는데······ 엄마라도 집에 있음 좋잖아."

강숙을 따라 높아지던 주희의 목소리가 제풀에 잦아들었다.

"됐어, 엄마 고집 누가 꺾어."

강숙은 점점 모임 날을 기다렸다. 말 많고 정 많은 사람들이 그녀 말을 자기 얘기처럼 들었다. 그곳에서 강숙은 그간 누구에게도 제대로 한 적 없는 말을 길게 늘어놓았다. 시아버지, 시어머니에 이어 남편을 간병한 이야기, 그러다 정작 친어머니는 허망하게 보냈다는 이야기, 아버지가 어릴 때 돌아가셔서 아무것도 해 드리지 못했기에 어머니는 그렇게 보내고 싶지 않았는데, 한으로 남는다는 이야기.

다른 회원의 말도 들었다. 강숙 또래의 두 여자는 사촌지간으로 사연을 듣자니 강숙보다 삶이 더 기구했다. 덤덤히 말하는 투에 도리어 강숙의 눈시울이 붉어졌다.

"지금 생각하면 억울하지. 나도 똑같은 사람이잖아. 평생 갖고 싶던 물건, 입고 싶은 옷, 그거 그냥 사면 됐는데." 모피 코트를 반쯤 걸친 여자가 말했다. 날이 따뜻해져도 털 코트를 포기하지 않는 여자가 조금 이해가 됐다.

찔러도 피 한 방울 안 나올 것 같던 모임장과도 조금씩 가까워졌다. 한번은 2차로 간 호프집에서 만취한 모임장이 신해철의 「민물장어의 꿈」을 불렀다.

"긴 여행을 끝내리 미련 없이…… 으흑." 모임장이 한쪽 손으로 얼굴을 가리고 흐느꼈다.

옆자리에 앉은 강숙은 주사가 심하다고 생각하며 모임장과 조금 떨어져 앉았다.

"저는요, 사람이 싫어요." 모임장이 눈물을 훔치며 고개를 들었다. "근데 여러분은 좋아요."

애정 어린 눈으로 회원 한 명 한 명을 바라보는 얼굴이 어쩐지 짠했다. 강숙은 제자리로 돌아가 모임장을 토닥여 주었다.

 모임에 나간 지 한 달쯤 지났을 때 모임장이 언제고 수영장에 들러 강숙을 돕고 싶다고 말했다. 강숙은 술자리에서 본 모임장의 얼굴이 떠올라 그 제안을 받아들였다. 대략적인 업무와 수영장 구조를 알려 주기 위해 출근 전 수영장 근처 편의점에서 모임장을 만났다.
 먼저 도착해 강숙을 기다렸다는 모임장은 평소와 조금 달랐다. 살짝 상기된 얼굴에 제법 수다스럽게 말을 이었다.
 "원 플러스 원으로 샀어요."
 모임장이 500밀리리터짜리 콜라 페트병을 내밀었다. 그동안 콜라를 먹지 않는다고 다섯 번은 말했는데 기억하지 못하는 눈치였다. 강숙은 모임장이 머쓱해하지 않도록 콜라를 받았다.
 "근데 모임장님은 오지랖이 없어 보여. 오지랖을 참아야 용이 된다고 했잖아."
 "오지랖도 오지랖인데⋯⋯." 모임장이 강숙 쪽으로 상체를 기울였다. "요즘엔 힘든 삶을 견딘 사람이 결국 용이 되나 싶어요."
 "그래?"
 "사실 용은 인간이 거대한 자연 앞에서 살려고 빌다가 생긴 존재잖아요. 그러니까 밑바닥에서 탄생할 때 더 큰 힘을 얻는 거죠. 오지랖 넓은 사람이 용이 되는 현상도 마찬가지고요."

밑바닥? 강숙이 자세를 바로 하고 모임장을 쳐다봤다.

"고통스럽지만 그 과정을 거치면 세상에서 가장 신성한 동물이 된다. 너무 멋있잖아요. 자기 자신을 내주고, 땅에서 태어나 하늘로 오르는 존재가 되리라." 자기 말에 한껏 심취한 얼굴로 모임장은 강숙 너머 어딘가를 보며 말을 이었다.

모임장 말에는 이상한 부분이 있었다. 용으로 변할 때 강숙은 아프지 않았다. 용이 된 스스로를 두고 신성하다거나 자신을 내준다고도 생각하지 않았다. 용이 되어 바닥을 퍼덕이는 일은 모임장이 늘어놓은 말과 거리가 멀었다.

강숙이 페트병 뚜껑을 따고 음료를 마셨다. 모임장의 말을 곱씹느라 몇 모금 더 마신 뒤에야 그게 콜라라는 사실을 깨달았다. 강숙이 반쯤 남은 콜라를 내려다봤다.

모임장은 일일 입장권을 끊어 수영장 탈의실로 들어왔다. 다른 회원들 모르게 강숙에게 손을 흔들어 알은체를 했다. 사람 수가 어느 정도 줄 때까지 강숙은 모임장을 신경 쓰지 않고 일했다. 그러다 오지랖 신호가 왔다. 강숙이 모임장을 부르고 화장실로 들어갔다. 변기 뚜껑 위로 뛰어오르며 용으로 변한 몸을 작게 만들었다.

"뭐라도 드릴까요?" 화장실 칸 밖에서 모임장이 물었. "뭐든 필요하면 말씀하세요. 저번에 다해 님이 추천한 일랑일랑 오일도 가져왔고, 혹시 몰라서 쌍화탕도 사 놨어요."

강숙은 입을 다문 채 모임장의 행동을 이해하려 애썼다. 자꾸 왜 저러지. 용으로 변하면 말이 안 나온다는 사실을 잊었나. 그럴 리 없는데.

　순간 비늘이 거꾸로 서는 기분이 들었다. 수염이 빳빳해지고 귀가 파르르 떨렸다.

　재 용 아니네. 강숙이 길어진 입을 벌렸다. 목구멍에서 나지막하게 금속이 부딪는 소리가 튀어나왔다. 두렵기도 했지만, 그보다 빨리 모임 사람을 만나 의견을 나누고 싶었다. 온몸에 기운이 넘쳤다.

　모임장은 강숙이 빈 샤워실로 나가 능력을 써 볼 때까지 수영장을 떠나지 않았다. 강숙은 모임장의 조언을 흘려들으며 모임 사람들이 말한 방법을 하나씩 떠올렸다. 샤워실 한가운데 서서 물을 잡아 올리기보다 위로 흘려보내는 느낌으로 손을 움직였다. 뿌연 거울 하나를 뚫어지게 바라보며 그곳에 맺힌 물방울을 떼어 냈다. 거울에서 떨어진 물방울이 허공에 멈췄다. 하나씩, 뒤이어 여러 방울이 겹치며 허공에 뜬 덩어리가 되었다. 강숙이 샤워실 벽에 기댔다. 몸에서 힘이 빠져나가며 주저앉았다. 바닥에 떨어진 물 덩어리가 큰 소리를 내며 사방으로 튀었다.

　"축하드려요. 이제 진짜 용이 되셨네요." 모임장이 흐뭇한 얼굴로 말했다.

　다음 날부터 강숙은 출근 전 콜라를 사 마셨다. 샤워실에 사람이 비는 시간마다 조금씩 능력을 쓰니 점점 물을 다루는 일이 손에 익었다. 일터로 가는 발걸음이 가벼웠다. 내일은 뭘 해 볼까 생각하다가 들떠 잠이 오지 않는 날도 있었다. 물 뚝뚝이나 민원을 넣는다던 젊은 여자를 봐도, 막힌 화장실

변기를 봐도 아무렇지 않았다. 사소한 일로 왜 그렇게 스트레스를 받았는지 의아할 정도였다.

　모임 날이 다가왔다. 첫날 그랬듯 익숙한 카페에 둘러앉은 사람들이 강숙을 쳐다봤다. 강숙은 한마디씩 뜸을 들이며 모임장에 대한 의문을 제기했다. 예상대로 모임장은 뭐 하나 제대로 대답하지 못했고 사람들 얼굴에 점점 의아한 빛이 번졌다.

　"모임장님은, 용이 아니죠?" 마침내 강숙이 물었다.

　카페에 정적이 흘렀다. 모두가 말없이 모임장을 힐끗거렸다. 초조하게 의자 팔걸이를 두드리던 모임장이 손을 멈추고 긴 숨을 뱉었다. 2년 전 모임장은 단골 카페 사장이 용으로 변하는 순간을 목격했다. 카페 사장의 경계를 풀기 위해 자기 또한 용이라 소개했다. 용에 관심이 많아서 사장의 여러 질문에도 수월하게 답할 수 있었다. 용으로 변하는 사람이 더 있다는 사실을 알게 된 날에는 인생에서 가장 큰 환희를 느꼈다.

　"용이잖아요. 용은 진짜…… 특별하잖아요." 모임장이 말했다.

　강숙은 이제 곧 사람들이 일어서리라 생각했다. 모임장에게 따져 묻고 화내고 이내 강숙에게 고맙다고, 당신이 있어 다행이라고 말해 주기를 기다렸다. 상황은 강숙이 바란 대로 흘러가지 않았다. 모임장이 카페를 나가자 사장이 따라나섰다. 사람들이 하나둘 카페를 떠났다. 나이 든 여자가 모피 코트를 챙겨 강숙에게 다가왔다.

"그래도 여태 돈도 안 받고 우리를 위해 봉사해 준 사람인데, 강숙 씨가 너무했네."

집으로 가는 내내 강숙은 모임에서 벌어진 일을 곱씹었다. 빈집에 불만 겨우 켜고 앉아 딸과 손녀가 돌아오기를 기다렸다.

"엄마, 집에 있었어?" 퇴근한 주희가 놀라 물었다.

"우리 딸." 강숙은 울상을 지으며 딸에게 오늘 일을 말했다. 용에 대한 이야기는 빼고, 모임장이 사람들을 속여 온 사실을 폭로했는데 누구도 자기편을 들어주지 않았다고 불평했다. 도리어 모임장 편을 든 사람도 있었다고.

강숙이 말을 이을수록 주희 얼굴이 차갑게 굳었다.

"엄마가 그렇지."

"어?" 강숙이 주희를 쳐다봤다.

"다른 사람 생각은 안 하잖아. 엄마 말만 맞지."

"얘는 무슨 말을 그렇게 해?"

"그깟 오미자차 모임 가느라 전화 안 받은 거야?"

"전화 좀 안 받을 수도 있지, 엄마한테 그렇게 면박을 줘."

"오늘 라율이 콘서트 데려다주기로 했잖아. 문자도 안 봐, 카톡도 안 봐, 전화도 안 받아. 어떡하라는 거야?"

"콘서트?" 강숙이 흐릿한 기억을 더듬었다. 휴대폰을 보니 부재중 전화와 메시지가 한가득 떠 있었다. "말을 하지. 아침에라도 말했으면 내가 갔지."

"나도 바빠. 일일이 다 못 챙긴다고."

"그래, 알지." 강숙이 주희를 타이르며 손을 뻗었다.

"그래서 잘 도착했대? 무사히 갔으면 됐잖아."

"엄마는 평생 엄마만 불쌍하지?" 주희가 강숙의 손을 피했다. "괜히 여기저기 애쓰지 말고 엄마나 좀 잘 살아."

주희가 방으로 들어갔다. 강숙이 빈 식탁에 손을 내려놓았다. 방에서 나는 소리에 귀를 기울이다가 도망치듯 집을 나섰다. 차에 타 버릇처럼 익숙한 길을 지났고 한강 공원에 차를 세웠다.

기억하는 모든 순간에 강숙은 가족을 위해 살았다. 자식 없이 산 날보다 자식들을 품에 안고 산 날이 더 많았다.

산책로 벤치에 앉자 대교 불빛에 반짝이는 윤슬이 보였다. 강숙이 물결을 따라 흐르는 윤슬에 집중하며 물살이 흐르는 반대 방향으로 손을 움직였다. 조금씩 물결이 서로 엇갈렸다. 길게 늘어선 빛이 흩어져 제각기 다른 빛을 냈다.

사람의 몸으로도 능력을 쓸 수 있는지 강숙은 알지 못했다. 물결이 부딪는 이유가 자기 때문인지도 알 수 없었다. 그래도 커다란 강줄기를 일부 움직였다고 생각하니 마음이 조금 나아졌다. 세상에서 제힘으로 조절할 수 있는 것이 딱 하나쯤은 있는 기분이 들었다.

무릎에 통증이 느껴졌다. 강숙이 무릎 주위를 두드리고 주물렀다. 새삼 가늘어진 듯한 허벅지를 꼬집어 보다가 이내 가볍게 토닥였다.

집으로 돌아가자 온 방에 불이 켜져 있었다. 한 팔만 외투에 낀 채 차 키를 집어 들던 주희가 강숙을 보고 멈춰 섰다.

"왜 그래?" 강숙이 물었다.

"라율이가 연락이 안 돼." 주희가 상황을 설명했다. 함께 간 친구 엄마에 따르면 콘서트가 끝난 후 만나기로 약속한 곳에 라율이 없었다. 다른 아이 말로는 화장실에 간다고 했다는데 화장실에는 없고 라율의 휴대폰도 꺼져 있었다.

"아까 전화했을 때 여기가 어딘지 모르겠다고 했어. 잠깐 얘기하다가 끊겼는데 다시 거니까 휴대폰이 꺼져 있대." 주희가 입술을 깨물었다.

"너 나가지 마." 강숙이 주희를 잡아 앉혔다. 딸 손가락이 눈에 보일 정도로 떨렸다. "라율이 올지도 모르니까 집에 있어."

"어떻게 하게." 집을 나가는 강숙에게 주희가 소리쳤다. "엄마가 가서 뭐 하게!"

강숙은 그길로 편의점에 들러 2리터짜리 콜라를 사 마셨다. 꾸벅꾸벅 조는 편의점 직원을 깨우느라 시간이 조금 걸렸다. 강숙은 직원에게 아르바이트도 좋지만 잠이 중요하다고, 서서 졸 정도면 잠부터 자야 한다고 말하지 않았다. 그 대신 화끈거리는 귀와 볼을 가리고 밖으로 나왔다. 인적이 드문 언덕에 올라 용으로 변했고 하늘로 날아올랐다. 모든 과정이 이루 말할 수 없이 자연스러웠다. 하늘을 날다니 놀라웠지만, 감상에 빠질 겨를이 없었다. 빨리 라율을 찾아야 했다. 라율과 비슷한 체구의 아이를 발견하면 마치 눈앞에 있듯 아이 얼굴이 또렷하게 보였다. 그럼에도 좀처럼 라율을 찾을 수 없자 강숙은 사람들 머리 위까지 내려갔다. 길을 지나던 사람

몇 명이 강숙을 가리키며 사진을 찍었다.

인적이 드문 공연장 뒤편에 후드 티를 입은 사람들과 라율이 보였다. 강숙이 근처 식수대에서 물을 꺼냈다. 물로 아이를 감싸고 그대로 들어 파출소로 옮겼다. 라율 주변에 있던 사람들은 신경 쓰지 않았다. 아이를 안전한 곳으로 데려가는 일이 먼저였다. 물 보자기로 감싼 라율을 파출소 앞에 내려놓았다. 라율이 입을 쩍 벌린 채 꺼진 휴대폰의 전원을 연신 눌렀다. 강숙이 파출소 문손잡이를 물로 감싸 열고 라율을 안으로 밀었다.

파출소로 들어가는 라율을 보자 몸에서 힘이 빠졌다. 강숙은 가까스로 방향만 조절해 공연장 근처 화단에 떨어졌다. 도마뱀만큼 작아진 몸으로 엎드려 무성한 풀을 둘러봤다. 고개만 겨우 돌리는데도 몸이 후들거렸다.

풀이 흔들리는 소리가 나고 빠르게 지나치는 쥐가 보였다. 인도 쪽으로 줄지어 나가는 개미 떼도 있었다.

안녕. 강숙에게서 금속이 부딪는 소리가 났다. 오늘 사람들 많아서 정신없지? 밥은 먹었니?

강숙을 돌아본 쥐가 고개를 갸웃거렸다.

콜라 좋아하니? 혹시 근처에서 콜라 봤어?

쥐가 다시 제 갈 길을 가고 대열에서 몇 센티미터 떨어진 개미 한 마리가 강숙에게 다가왔다. 강숙은 쥐가 사라진 곳과 개미를 번갈아 보다가 개미를 따라 기어갔다. 발톱이 흙에 박히고 비늘에 돌멩이가 껴 쉽지 않았지만, 마지막 힘을 쥐어짜서 발과 허리를 움직였다. 화단 가장자리로 가자

울타리와 나무 사이에 찌그러진 콜라 캔이 보였다. 강숙이
캔에서 개미 네다섯 마리를 털어 내고 캔을 들어 올렸다.
기울여 흔들기까지 했지만, 콜라는 한 방울도 나오지 않았다.
 캔을 놓고 나무 아래 누웠다.
 용은…… 특별하잖아요.
 불쑥 떠오른 모임장의 말에 강숙은 실소했다. 특별하기는.
그 당돌함에 새삼 감탄이 나왔다. 거짓말이 까발려진
상황에서 대뜸 자기 취향을 고백하다니.
 강숙은 젊음에 대해 생각했다. 제자리에서 서 있기조차
벅차다고 느낀 순간들, 나 자신도 모르면서 세상만큼은 잘
안다고 착각한 나날들, 그 시간을 지나 이곳에 있었다. 어떤
이유로 용이 되는지는 중요하지 않았다. 이제 강숙에게 용은
특별할 게 없었다.
 강숙이 손가락을 들어 살짝 저었다. 몸 주위에 조금씩
바람이 돌았다. 손을 계속 흔들자 몸이 뜨기 시작했다. 힘을
빼고 공기의 흐름에 몸을 맡겼다. 바람이 부드럽게 몸을
감싸고 땅과 나무가 멀어졌다. 나무 위로 오른 강숙이 팔다리,
목과 허리를 펼쳐 몸을 키웠다. 머리와 다리가 쭉 뻗어 나가고
수염이 구름을 휘감을 듯 하느작거렸다.
 밤바람과 하나 된 기분을 느끼며 강숙은 의무도 책임도
구속도 없이 하늘을 맘껏 누볐다. 보이지 않는 징검다리를
밟듯이 허공에 발을 까딱이며 놀았다. 머리 위 뜬 달이
선명해질 때쯤 집으로 향했다. 집과 가까워지자 아파트
베란다에 선 주희와 라율이 보였다. 라율이 강숙을 가리키며

주희에게 뭐라고 말했다. 환희에 찬 얼굴로 입을 크게 벌리며 말을 이었다. 주희가 베란다 창을 열었다. 강숙이 몸을 줄여 베란다로 들어갔.

"진짜 엄마야?" 주희가 경악한 얼굴로 물었다.

"지금 사람들이 사진 찍어서 올리고 난리 났어요. 구름이다, 용이다, 이러면서요." 라율이 웃으며 고개를 쳐들었다.

"들키면 어쩌려고 그러고 다녀." 주희가 걱정스러운 얼굴로 말했다.

용인데 뭐 어때. 강숙이 대답했다. 말소리 대신 용 소리가 났지만, 정말 뭐 어떤가 싶었다. 라율이 가져온 담요에 팔다리와 비늘을 파묻었다. 부드럽고 포근해 그대로 잠들 것 같았다.

라율이 제 엄마에게 강숙이 자기를 실어다 준 얘기를 조잘거렸다. 높낮이가 심한 라율의 목소리를 들으며 강숙은 눈을 감았다. 다시 사람이 되면 한동안 아픈 몸을 견뎌야 할 터였다. 그러고 나면 설거짓거리를 처리하고, 바닥에 쌓인 옷을 주워다가 빨래 통에 넣고, 누굴 닮았는지 너나없이 배를 내놓고 자는 딸과 손녀딸에게 이불을 덮어 주고, 또 시간이 지나면 출근도 해야겠지마는, 일단은 좀 자도 되었다. 그래도 되었다.

창밖에서 부슬비가 내리기 시작했다. 빗소리에 눈을 뜬 강숙은 온 식구가 집에 있음을 떠올리고 다시 잠에 빠져들었다.

수상 소감

소설을 살펴 주신 심사위원님과 기회를 주신 문학웹진 림의 모든 분께 진심으로 감사드린다.

「한강숙이 용」은 수영장 탈의실에 흩어진 물방울을 하나로 모으는 사람에서 시작했다. 밀대를 든 채 허공에 뜬 물 덩어리를 바라보는 얼굴에서.

어릴 때는 어른과 성인이라는 단어를 엇비슷하게 받아들였다. 이제는 나보다 나이가 많고 성숙한 사람을 부를 때 어른이라는 말을 쓴다. 해가 지나며 내 어른들도 나이가 든다. 고집이 세면서도 어떤 순간에는 믿을 수 없게 유연하고, 작은 말에도 부서질 듯 연약하다가도 돌연 강해진다. 글을 쓰는 동안 그 힘은 어디에서 올까 생각했다.

소설 인물을 다룰 때 작가는 적절한 거리감을 유지해야 한다고 믿는데 「한강숙이 용」을 쓰면서 나는 그러지 못했다. 강숙이 마냥 좋았다. 마지막에 잠에서 깬 강숙이 식구가 모두 집에 있음을 확인하고 다시 잠드는 장면은 쓰는 순간에도 읽는 순간에도 좋았는데, 첫째는 강숙을 잘 보여 주어서이고 둘째는 문장을 읽을 때마다 마음이 몽글몽글해지며 이런 사람을 어떻게 안 좋아할 수 있나 하는 생각이 들기 때문이다.

그러니까 이 소설은 어른들에게 보내는 찬사다. 긴 고생을 끝내고, 하고 싶은 일만 하고 좋은 것만 보고 먹기도 바쁜 나이에 누군가를 돌보게 된 사람들, 여전히 기둥이 되어 주는 사람들, 그럴 힘이 있는 사람들.

그들에게 사랑을 전한다.

전예진

전예진

2019년 작품 활동을 시작했다.
소설집 『어느 날 거위가』가 있다.

가작

정회웅

문콕

승채가 시동을 걸고 출발하려던 찰나, 툭툭 누군가 차체를 두드렸다. 조수석 창문 너머로 두툼한 남색 점퍼 차림의 남자가 보였다. 승채는 창문을 손가락 한 마디만큼 내렸다.

"문콕 해 놓고 어딜 그냥 가려고요?"

남색 점퍼의 남자가 턱짓으로 뒤쪽 차를 가리켰다. 승채는 옆자리에 앉은 아내를 본 뒤, 룸미러로 뒷좌석의 장인과 장모를 번갈아 살폈다. 모두 무슨 일인지 몰라 서로를 바라봤다. 승채는 차에서 내렸다. 전혀 신경 쓰지 않았던 옆자리에는 길고 커다란 은색 미니밴이 주차되어 있었고 남자의 검지 끝에는 손톱만 한 크기의 움푹 팬 자국이 있었다.

"찍은 거 알았죠? 근데 그냥 출발하시네."

남자의 말끝엔 분노가 섞여 있었다. 그 울림이 지하 주차장에 낮게 퍼졌다. 옆 차는 어떻게 봐도 새 차는 아닌 것 같았고, 남자의 격한 반응에 비해 흠집은 너무 작았다. 혹시 누가 다친 걸까, 주변을 둘러봤다. 다른 사람은 보이지 않았다. 멀리서 차 한 대가 천천히 지나갔다.

"저희가 한 게 맞나요? 여기 문콕 방지 스티커도 붙어 있는데."

"후진해서 문 한번 열어 보세요." 남자는 눈썹을 추켜세우며 헛웃음을 흘렸다. "위치 안 맞으면 보내 드릴 테니까."

승채는 얼떨떨했던 신경이 조금씩 곤두서는 것을 느꼈다. 남자의 얼굴을 다시 쳐다보았다. 덩치며, 나이대며, 쇼핑몰 같은 곳에서 자신을 밀치며 지나갔더라도 기억해 내지 못할 인상이었다. 이게 그 정도로 화를 낼 일입니까, 게다가 당신이 뭔데 보내 주고 말고를 결정합니까. 남자의 점퍼 깃 사이로 느슨히 풀린 넥타이를 바라보며 입안에 차오른 말을 숨과 함께 눌러 삼켰다. 그제야 공항 수하물 카트를 반납하러 다녀온 몇 분 사이에 자신이 놓친 뭔가가 있다는 걸 깨달았다. 그때 옆 차에서 슬라이딩 도어가 열리는 소리가 나더니 차체가 두어 번 흔들렸다. 남자와 똑같은 남색 점퍼 차림의 두 사람이 차 모퉁이를 돌아 나왔다. 한쪽은 나이가 들어 보였고 다른 한쪽은 갓 대학을 졸업한 듯 앳된 얼굴이었다. 순간 무언가 잘못될 수도 있겠다는 생각에 흠칫 놀랐으나 그들의 점퍼 왼쪽 위에 새겨진 회사 로고를 보자마자 저도 모르게 얕은 숨을 내쉬었다.

 "왜 그래?" 나이가 많은 사람이 남자에게 타박하듯 말했다. "이렇게 처리하라는 뜻이잖아요, 부장님. 그 인간 말은." 남자는 빙퉁그러진 얼굴로 말을 내뱉었다. 이미 여러 번 소리를 질렀던 모양인지 쉰 목소리가 섞여 나왔다. 그 옆에 무심히 서 있는 젊은 사람은 사원쯤 될까, 짐작했다. 세 사람은 닮은 구석이 전혀 없었다. 얼굴도, 체격도, 피부 톤도 모두 달랐다. 다만 남색 점퍼와 권태 섞인 피곤한 표정만이 같았다. 그런 분위기는 공항에 막 들어선 사람들과는 분명 달랐다. 굳이 닮은 인상을 찾자면, 자신들처럼 방금 여행을 마치고 돌아온 쪽이었다.

 "장모님, 혹시?"
 차를 후진시키기 위해 다시 운전석에 앉은 승채가 고개를 돌리며 물었다. "가장 먼저 차에 타셨던 것 같아서요."
우물거리는 목소리로 덧붙였다.

"얘기 못 끝내고 돌아왔어?"

장모는 머리 받침대에 고개를 기대고는 천천히 눈을 감았다. "한국 오자마자 이게 무슨 일이니." 한숨엔 피곤과 실망이 배어 있었다. 승채는 3박 4일의 여행이 조금 더 이어질 것 같은 예감이 들었다.

"아까 문 열 때 살짝 부딪혔나? 암만 그렇다 해도 문제 생길 정돈 아닐 텐데." 장인이 창밖을 보며 말했다. 후진 기어를 넣고 브레이크에서 천천히 발을 떼자 어라운드 뷰 주차 시스템의 접촉 경고음이 경쾌한 음악처럼 울렸다. 승채는 그 소리가 여전히 어색했다. 며칠 만에 다시 차를 몰아서 그런 건 아니었다.

옆 차를 다시 살폈다. 뒷좌석 문이 열리면 닿을 위치에 자국이 있긴 했다. 하지만 자신의 차에 붙은 뭉툭한 도어 가드가 낸 흔적이라기엔 의아할 만큼 날카롭고 섬세했다. 네모난 스펀지를 꾹 눌러보았다. 손끝에 단단한 저항이 느껴졌다. 불현듯 지난달 차를 인계해 준 영업 사원의 말이 떠올랐다. 이게 붙어 있어도 세게 열면 흠집 나거든요. 그땐 형식적인 경고쯤으로 흘려들었지만, 지금은 이상하게 또렷했다.

"이 부근에 다른 자국도 많은 것 같은데, 정말 저희가 한 게 맞는지요?" 차에서 내린 장인이 예의를 갖춘 어조로 물었다. 장모와 아내도 모두 밖으로 나와 허리춤에 양손을 올리고 있었다.

"박은 거 맞거든요. 차가 흔들릴 정도였다니까요."

남자가 장인을 바라보며 목소리를 높였다. 부장이 남자의 등을 두드리며, 너 왜 여기다 그래, 낮게 말했다. 나무라기보다는 달래는 쪽에 가까웠다. 승채는 비밀을 털어놓듯 속삭이는 그 말을 들었지만 무슨 말을 해야 할지 떠오르지 않았다. 멀리서 여행자 한 무리가 커다란 캐리어를 끌며 천천히 지나갔다. 그들 중 몇 명이 이쪽을 무심히 보고는 공항 지하 출입문 쪽으로 발길을 옮겼다.

승채는 은색 미니밴의 흠집을 더듬었다. 냉랭한 금속 표면 위로 서걱거리는 먼지가 느껴졌고, 가늘게 파인 틈이 손끝에 걸렸다. 검지에 들러붙은 먼지와 흰 껍질을 엄지로 비벼 털었다. 자신의 차 파란색 스펀지에도 뭔가 묻은 흔적이 보여 손가락으로 훑었다. 차체 위엔 산산이 부서진 빛이 흩어져 있었다. 고개를 들자 사원의 시선이 손끝에 머물러 있었다. 못 본 척하며 장모에게 고개를 돌렸다.

"정말 문콕 하셨나요? 솔직히 말씀해 주세요." 목소리가 스스로도 놀랄 만큼 부드러웠다. 장모는 눈을 가늘게 뜬 채 승채를 바라보았다.

"좋은 장모 되기 쉽지 않구나." 장모는 혼잣말하듯 말하고는 어색하게 입꼬리를 올렸다.

지난 나흘간의 일본 여행 동안 장모 얼굴에 스쳐 지나갔던 몇 가지 표정이 떠올랐다. 장모의 일본어를 여러 번 알아듣지 못한 점원을 향해 지었던 머쓱한 미소. 승채가 추천한

식당에서 자릿세 문제로 소동이 벌어지기 직전, 하관에 번지던 미소. 두 미소가 지금의 장모 얼굴 위로 겹쳐졌다. 지금은 그 둘 중 어떤 쪽에 더 가까울까. 승채는 결론을 내리지 못하고 고개를 돌렸다.

"말을 왜 그렇게 해? 엄마가 거짓말했다는 소리처럼 들리잖아." 아내는 옆 차 사람들이 듣지 못하게 목소리를 낮췄지만 불만의 기색은 감추지 못했다. "우리 부모님이었으면 더 심하게 말했을 거야." 승채는 부드럽지만 단호하게 말을 이었다. 장모와 승채를 번갈아 보던 아내의 얼굴이 서서히 풀렸다. 그러나 침묵은 남아 있었다. 방금 전의 말들이 공기 중에 머물러 있는 듯했다.

"얼마 드릴까요?"

장모가 침묵을 깼다.

남자는 부장과 사원을 번갈아 바라보았다. 부장은 고갯짓으로 남자에게 눈치를 주었고 사원은 어딘가 망설이는 것처럼 보였다.

"사과가 먼저 아닙니까?" 남자의 목소리가 낮게 깔렸다. "좋게 말하니까 호구처럼 보이세요?"

"사과하면, 이거 끝나나요?"

"끝나는 게 아니라, 처리를 해 주셔야죠. 그런 건 모르세요?"

"그럼 처리만 하면 되겠네. 우리 몹시 피곤해요. 수리비 보내 드릴 테니 계좌번호 주고 갈 길 가세요."

남자는 입을 살짝 벌린 채 그대로 멍하니 있다가 고개를 비스듬히 기울였다. "그렇게는 안 되죠. 보험 처리해 주셔야 합니다."

뭔가 수상해, 하고 아내가 낮은 목소리로 속삭였다. "수상하긴 뭐가 수상해?" 장모가 말을 자르더니 승채를 향해 손짓했다. 보험사에 연락하라는 뜻이었다.

"속 시끄럽잖니. 차 끌다 보면 흠집 하나쯤 생기기 마련이잖아." 장모가 한숨을 섞어 말했다. "여기서 저런 거 하나 없는 차가 어디 있니. 그렇다고 차가 안 굴러가는 것도 아니고."

"그래서 내가 유난 떤다, 그 말씀이세요?" 남자의 목소리가 더 높아졌다. "그럼 불러서 따져 봅시다, 경찰이든 누구든. 난 그쪽처럼 도망 안 갑니다."

부장이 남자의 팔을 세게 잡아당겼다. 그러고는 부드러운 어투로 회사 법인 차량이라 그렇다고 말했다. 저희 회사에서는 사고가 나면 꼭 보험으로 처리하고 보고를 올려야 하거든요, 하고 설명하자 장인이 나서서 회사 법인 차량이라면 그럴 수 있지요, 여러 번 고개를 끄덕이며 답했다. 승채는 티끌만 한 자국을 사고라 명명하는 부장의 단어 선택이 마뜩잖았다. 하지만 휴대폰 너머 보험사 상담원의 걱정 섞인 목소리를 듣자 자신이 큰 사고라도 낸 사람처럼 느껴졌다. 잠시만 기다려 주시면 빠르게 마무리해 드리겠습니다. 상담원은 현장 직원이 25분 이내로 도착할 수 있다고 다정하게 말했다. 전화를 끊자 장모는 조용히 숨을 내쉬었다.

"이왕 이렇게 됐으니 어디 가서 커피라도 마시고 옵시다."
장인은 장모의 어깨를 가볍게 두드리며 말했고, "뭐 마실 것 좀 사다 드릴까요?" 하고 상대편 부장에게 물었다. 부장은 객쩍게 웃으며 손을 내젓고는 남색 점퍼 남자의 등을 떠밀어 차 뒤편으로 사라졌다.

승채는 공항 터미널 입구로 향하다가 걸음을 멈췄다. 뒤돌아보니 자신의 차와 옆 차가 같은 조명 아래에 나란히 붙어 있었다. 주변엔 빈자리가 많았다. 나흘 전 새벽, 주차 공간이 없어 몇 바퀴를 돌다 겨우 찾아낸 자리였다는 게 믿기지 않을 만큼 한산했다.

자동문이 열리자 넓은 로비가 나타났고 노란빛이 감도는 매끈한 바닥은 천장의 형광등 불빛을 반사했다. 줄지어 놓인 대기 의자 옆을 지나며, 승채는 출국하던 날의 동선을 떠올렸다. 그때도 같은 에스컬레이터를 타고 2층의 베이커리 카페로 올라갔었다.

그날은 탑승 시간보다 네 시간이나 일찍 도착했다. 수화물 접수까지는 한참 남아 있었다. 새벽부터 승채와 함께 부산히 움직였던 장인은 국밥을 먹고 싶어 했으나 장모는 애들 형편에 맞게 샌드위치와 커피나 마시자고 반대했다. 승채는 밥을 먹든, 샌드위치와 음료를 먹든 가격 차이는 없다고, 게다가 그 정도는 전혀 부담되지 않는다고 정정하고 싶었다. 하지만 가볍게 먹으면 좋지요, 수럭수럭 대답하며 한동안 미소를 거두지 않았다.

그날 아침 장모와 마주 앉았던 베이커리 카페 자리에는 세

식구가 앉아 있었다. 부모로 보이는 두 남녀는 들뜬 목소리로
이야기를 나누었고 아이는 탁자에 반쯤 엎드려 심각한 얼굴로
휴대폰 화면에만 몰두했다. 출국할 때는 몰랐지만, 여행에서
돌아와 보니 누가 떠나는 사람이고 누가 돌아온 사람인지
단번에 구분할 수 있을 것 같았다. 지금 이곳에, 자신들처럼
여행에서 돌아왔지만 집으로 가지 못하는, 그것도 겨우
조그만 자국 하나 때문에 되돌아온 사람은 아무도 없을 것
같았다.

  장모는 3인 가족 옆 좌석에 앉고는 라테를 마시겠다고
했다. 장인이 의아한 표정을 짓자, "왜, 나 원래 라테
좋아하잖아." 말하고는 무언가 떠오른 듯 가방을 뒤적였다.
승채는 그 모습을 못 본 척 자리에서 일어나 계산대로 서둘러
걸어갔다.

  "허 서방, 이거 받아 가야지."

  장모의 목소리는 낮지만 또렷하게 자신을 겨누고 있었다.
피하고 싶었으나 결국 뒤돌아섰다. 장모가 찌르듯 내미는
카드를 아내가 한 손으로 막았다. 아내는 승채와 눈을 마주친
채 머뭇거리다가 이내 시선을 거두고 장모에게 고개를
저었다. 승채는 그 모습을 끝까지 보지 않으려고 발걸음을
옮겼다. 여행은 끝났지만 다른 무언가가 다시 시작되는
듯했다.

  차는 넙죽 잘 받아 타면서 이런 건 왜 못 받는 시늉을 하고
그래?

  승채는 나흘 전 이곳에서 장모에게 들었던 말이 떠올랐다.

짧지만 날카로웠던 그 말은 여행 내내 머릿속을 떠나지 않다가 귀국하면서 거의 사라질 뻔했다. 손에 쥔 자신의 신용카드를 내려다보았다. 며칠 전에는 장모의 카드를 받았다.

  이번 일본 여행에는 여러 가지 의미가 겹쳐 있었다. 결혼한 지 3년 만에 처음으로 처가 식구들과 함께 떠나는 여행이었고, 몇 년 앞당겨 축하하는 장모의 칠순 기념 관광이기도 했다. 무엇보다 아이를 가지기로 한 아내를 위해 생겨난 일정이었다. 아이들이 태어나면 한동안 해외여행은 어렵겠지. 밤 산책 중에 툭 튀어나온 가벼운 말이 짧고도 긴 여행의 출발점이었다. 가능한 한 멀리, 최대한 오래 머무는 여정을 준비해 보려 했다. 하지만 장모의 전화 한 통이 모든 것을 뒤집었다.

  "선물이라고 생각해, 허 서방."

  비즈니스석 항공권, 고급 료칸, 넷이서 한 달은 너끈히 머무를 수 있을 만큼의 엔화 현금까지. 장모의 목소리는 부드럽고 단단했다. 승채는 입술 끝을 깨물어 가며 감사하다는 말을 반복했다. 마치 장모가 앞에 있는 것처럼 고개도 몇 번 숙였다. 일본어 수업 뒤 티타임을 가진다는 학우들이 다녀왔다는 온천 마을, 웨이팅이 길다는 카페, 공항 장기 주차 바우처까지. 이 여행이 장모가 반년쯤 전부터 흩뿌려 온 일화들을 뭉쳐서 만든 계획이라는 것을 서서히 알게 되었지만, 그뿐이었다. 어쩐지 장모의 선택 같지 않았던 모든 것들이 우정의 증표일지 모른다고도 생각했지만, 역시 그뿐이었다. 비행기의 엔진음이 커지더니 활주로를 내달리기 시작했다. 아내가 손을 뻗어 손등을 잡았다. 온기에 조금 놀라 창밖을 바라보는 아내의 옆얼굴을 응시했다. 앞쪽 자리에서 장모의 웃음소리가 들리는 듯했다. 비행기는 속도가 붙었고 승채는 생각을 멈추려 했다. 하지만 그조차 여행 일정 안에 포함된 것 같았다.

 승채는 장모의 라테를 포함해 음료를 주문했다. 계산대 앞 네모난 카드결제기 액정에 흐릿하게 나타난 숫자를 보면서 나흘 전에도 이랬었는지 떠올려 보았다. 음료 픽업대로 걸음을 옮기며 멀찍이 앉은 장모와 아내를 바라보았다. 여행의 출발지로 돌아온 두 사람 역시 무엇이 달라졌는지 조용히 확인하는 것처럼 보였다. 그 이야기가 무엇에 관한 것인지 궁금했지만, 듣지 않는 편이 나을 것 같았다. 그때 장모가 손을 들어 자신을 불렀다.

 "보험사 직원 오면 괜히 말 더 섞지 말아. 어차피 보험도 내 앞으로 되어 있잖아."

 장모는 얇은 손가락으로 머그잔 둘레를 천천히 감싸며 말했다. 옆자리에 있던 세 가족이 일어났다. 카페를 빠져나가며 캐리어로 빈 의자 몇 개를 스치고 지나갔다. 흰 플라스틱 의자 다리 아래쪽에 무언가가 새까맣게 묻어 있었다. 승채는 의자에 등을 기댄 채 그 얼룩을 내려다보았다. 3인 가족이 끌고 가는 캐리어는 검은색이었다. 흰 머그잔 속 커피는 지나치게 뜨거웠고 탄 맛이 강했다. 입안에 남은 쓴맛이 목 안으로 퍼질 때 휴대폰의 진동이 느껴졌다. 보험사 직원이었다.

"먼저 가서 처리한 다음 연락 드리겠습니다."

무표정하게 앉아 있던 장인에게 일부러 말을 붙이고는 자리에서 일어났다. 아내가 따라나서려고 했지만 승채는 고개를 저었다. 멈칫하던 아내는 순순히 물러섰다. 눈빛에서 걱정과 서운함이 엿보였지만, 그 모든 오해를 풀려면 너무 많은 말이 필요할 것 같아 결국 아무 말 없이 몸을 돌렸다.

아내는 주변 사람들에게 케이크나 꽃다발 같은 선물을 종종 건넸고, 주말이면 침대 옆 커튼 사이로 쏟아지는 햇살을 충분히 즐기며, 느닷없이 거실 소파를 베란다 쪽으로 돌려놓기도 하는 사람이었다. 그리고 승채가 생각한 것보다 더 많은 아이를 낳고 싶어 했다. 장모는 그 계획이 마음에 들지 않는다는 표정을 지었지만, 몸이 많이 상할 텐데, 말할 뿐 끝내 반대의 말은 하지 않았다. 대신 아내가 외동딸인데다, 아빠 없는 조용한 집에서 긴 오후를 보내며 컸다는 사정을 장인을 바라보며 말했다. 장인은 외로움이 꽃을 피우는 씨앗이기도 하다며 성의 없이 아내를 격려했다. 아내는 장인과 전혀 닮지 않았다.

승채도 외동이었다. 형제자매라는 존재가 궁금했던 시절도 분명 있었지만 금세 식었다. 꼭 여럿이 필요한가. 찬란하고 아름다운 우애보다는 긴 세월 동안 차곡차곡 쌓인 크고 작은 생채기가 결국엔 보기 흉하게 터지는 모습을 더 자주 목격하지 않나. 하지만 승채의 부모는 아내의 결정을 무척 반겼다. 부모는 자신들의 노후를 위해 오랜 시간을

들여 마련한 지방의 낡고 허름한 건물을 내어놓을 수도
있다는 기색을 슬쩍 내비쳤다. 승채는 그 건물의 가치를
알아보았지만 차마 그 숫자를 입 밖에 꺼내지 못했다.
그때부터 매달 부모에게 일정한 금액을 송금하기 시작했다.
결혼 후 예상했던 대출이 필요 없게 되자 통장이 조금씩
부풀었기 때문이었다. 부모에게는 그저 연봉이 올랐다고만
말했다.

  승채는 대학 입학금까지만 지원받았을 뿐, 그 뒤로 먹고
자고 살아가는 일은 거의 혼자 감당했다. 옷이나 가방에 깃든
퀴퀴한 냄새를 염려하면서도 자신의 미래를 말할 때만큼은
유머 감각을 잃지 않았다. 하지만 장모의 지원을 받아 구할 수
있는 아파트를 살펴본 후로, 신혼집이라면 당연하다 여겼던
빌라로 다시 눈을 돌리지 않았다. 그런 도움은 한 번으로
끝나지 않았다. 아파트에서 내부 인테리어로, 가전제품으로,
검은색 세단으로 이어졌다. 그때부터 이직을 위해 더 큰
매출을 만들어 보려던 마음이나, 퇴근 후에 학위를 취득하고
인맥을 만들고 싶던 의욕이 차차 흩어지는 걸 느꼈다. 그렇게
애쓴들 이미 많이 가지고 있는 누군가를, 이미 사다리 위쪽에
있는 사람들과의 격차를 더욱 아득히 통감할 뿐이었다.
세상은 이미 견고하며 자신은 고작 손톱만 한 일에만 관여할
수 있을 뿐이라는 무력하고 열없는 공허함에서 벗어나고
싶었으나, 장모 앞에서 자신의 태도가 점점 변한다는
것만을 깨달을 뿐이었다. 승채의 표정은 어느 순간부터
무표정에 가까워졌다. 그 볼품없는 표정을, 아래로 내려가는

에스컬레이터 옆 유리에 얼비친 자신의 얼굴에서도 볼 수 있었다. 장모와 아내가 보이지 않을 것이라는 걸 분명히 알면서도 고개를 들어 베이커리 카페 쪽을 바라보았다.

보험사 직원은 명함을 건넨 다음 옆 차가 아니라 승채의 차 조수석을 가리켰다.

"여기도 문콕이 있던데요. 접수 건이랑은 관계없는 게 맞으실까요?"

손잡이 옆, 매끄러운 표면 위로 흐르던 빛이 한 지점에서 꺾였다. 승채는 그 가느다란 틈을 한 번 더 살피고는 차 주변을 천천히 돌았다. 다른 흠집은 없었다.

두 시간쯤 전, 입국 보안 심사대를 통과하는 순간 나흘간의 복잡한 감정이 모두 사라진 줄 알았다. 장모와 웃으면서 헤어질 수 있을 것이라 방심했다. 노출된 골조 위로 형광등이 점선처럼 길게 이어졌고, 어느새 주차장은 차들로 빽빽해졌다. 승채는 차에 생긴 균열 속으로 손톱을 박아 넣었다. 손톱 사이로 가느다란 뭔가가 끼어들었다. 여행 전이나, 여행지에서나, 지금 이 순간, 달라진 건 아무것도 없었다. 장모의 차였다.

"이건." 승채가 말을 고르다 고개를 돌렸다. "그쪽에서 하신 건가요?" 말을 내뱉자마자 옆 차 남자처럼 목청을 높이고 확실히 화를 냈어야 했다는 후회가 뒤따라왔다.

남자는 눈썹을 치켜올렸다. 기가 막힌다는 표정이 얼굴에 서서히 퍼졌다. 승채는 미니밴의 운전석과 장모의 차 조수석 간의 거리를 가늠하듯 천천히 두 차 사이를 번갈아 보았다.

"문 한번 열어 보시죠." 승채가 말했다.

"뭐라고요?"

"이 차 지난달에 받았어요."

"근데요?"

"문콕을 언제 당했겠어요?"

"차 사자마자 폐차했다는 소리는 못 들어 봤나. 아까는 문콕 하나 없는 차가 어디 있냐고 하지 않았어요?"

"문 열어 보세요. 안 맞으면 보내 드릴 테니까."

"같잖네. 뭐, 증거는 있고요?"

보험사 직원이 두 사람을 번갈아 보는 동안 승채는 천장을 둘러보며 카메라 위치를 찾았다.

"어쨌거나 저희가 피해를 본 상황인데 꼭 이렇게까지 하셔야겠습니까?" 어느샌가 다가온 부장이 부드럽게 타이르듯 말했다.

"어차피 이대로는 못 가시는 거 아닌가요?" 부장의 표정이 한순간 굳었다. 승채는 자신의 말이 누군가의 말투를 흉내 낸 것 같다는 생각이 들었다.

"가든가, 그럼. 경찰서로." 남자의 얼굴이 굳었다. "오늘 진짜, 어휴."

더 할 말이 떠오르지 않았다. 마침 아내에게서 전화가 걸려 왔다. 상황을 말하자 침묵이 이어졌다. 턱밑이 미세하게 떨렸다. 익숙지 않은 감각이었다.

"아버지가 지금 가신대."

"오셔도 달라질 건 없을걸. 그냥 내가 할게."

정희웅

아내는 짧게 한숨을 내쉬었다. "이제 그만하자, 응?" 승채는 대답할 말을 찾다가 전화를 끊었다. 휴대폰이 차가운 금속 조각처럼 싸늘했다. 꺼진 휴대폰 화면을 내려다보았다. 이틀 전 일본 해안가에서, 아이가 태어난 다음 다 함께 다시 여행을 오자고 외쳤던 순간이 떠올랐다. 찰나였지만 이번 여행에서 유일하게 솔직한 기분을 드러낸 순간이라 여겼다. 손톱 밑에 아직 무언가 남은 듯했다. 다른 손톱을 집어넣어 긁어냈다.

"CCTV는 관리사무실에 요청하면 바로 볼 수는 있어요. 그런데 그렇게까지 하셔야 할까요?" 보험사 직원의 어조엔 피로가 배어 있었다. "그렇게 당당하면 보든가. 책임도 지고." 미니밴 옆에 서 있던 남자가 말했다.

주고받는 말들은 서로를 향한 듯했지만 어딘가 엇나가 있는 것 같았다. 누군가 와서 말려 주기를 기다리는 공허한 말다툼 같았다. 하지만 부장은 승채의 말을 듣고서 심드렁해진 듯했고, 장인도 자신이 오지 못하게 했다. 이제 그만하자. 아내의 말이 떠올랐다. 이 일은 도대체 누구 때문인가. 어디서부터 시작된 건가. 승채는 보험사 직원의 뒤를 따라 걸었다.

일본 여행 둘째 날, 해산물로 유명한 아침 시장에 가자고 먼저 제안한 건 승채였다. 전날 저녁, 유카타 차림의 장모가 료칸 대욕장 앞에서 차례를 기다리다 인근 관광지 소개 벽보에서 눈여겨본 곳이었다. "난 저런 데가 좋아. 살아 있는 곳이잖아."

문제는 거리였다. 택시 왕복 비용은 항공권값과 비슷했고,

대중교통으로 가려면 세 번이나 갈아타야 했다. "운전해서 갈까?" 장모가 물었다. 승채는 한국과 반대인 운전석과 도로를 조금 염려했다. "사람이 왜 이리 소심해? 여기 어린 애들도 운전은 잘만 할 텐데." 장모의 목소리에 가벼운 웃음이 섞였다. "그냥 택시 타요, 괜히 곤란하게 만들지 말고." 아내가 즉시 답하고는 승채를 바라보며 두 손으로 엑스자를 만들어 보였다. 승채는 가볍게 숨을 내쉬고는 장모를 바라본 다음 렌터카를 예약했다.

다행히 시장으로 이어지는 도로는 단순했다. 대부분 곧게 뻗어 있었고 새벽의 도로는 비현실적일 만큼 한산했다. 조수석의 장인도 어느 순간부터는 고개를 꾸벅거렸다. 등굣길 학생 몇 명이 눈에 들어올 즈음 소박한 시장 간판이 모습을 드러냈다. 시장의 분위기는 괜찮았다. 다만 시장 골목의 길이가 당황스러울 정도로 짧았다. 문을 연 가게는 적었고 관광객은 많았다.

아내는 뾰족한 껍데기 가장자리를 따라 성게 살을 조심스레 파내 먹고는 맛있다고 너스레를 떨었다. 승채는 노점 앞에 서서 구운 소라를 입에 넣었다. 장모는 오징어슈마이를 하나 맛본 뒤 그곳의 명물이라는 활어회는 안 먹겠다고 선언했다. 대신 청귤을 팔던 젊은 여자 옆에 서서 느린 일본어로 말을 건넸다. 잠시 후 과일 봉지 몇 개를 산 뒤, 총총걸음으로 다가온 조그만 여자아이에게 청귤 몇 개를 건네며 부드럽게 웃었다. "카와이이 코도모데스네." 중국어로 대화하던 아이의 부모를 보았음에도 일본어로 말했고, 아이의 부모는 감사합니다, 하고 한국어로 답했다. 말들이 뒤엉킨 시장은 여전히 오가는 사람들로 붐볐다.

오후의 도로는 새벽과는 달랐다. 시내의 신호와 차선이 낯설게 얽혀 있었다. 유턴 지점을 몇 번이나 지나쳤다. 일본에서는 어디서나 유턴할 수 있다 들었지만 도로 위의 암묵적인 순간을 번번이 놓쳤다. 장모의 굳게 닫힌 입매가 머릿속에 남아 있었다. 말 한마디 붙이지 못한 채 앞으로만 차를 몰았다. 그러다 길이 확 트인 곳이 나왔다. 목제 울타리 너머로 바다를 등진 넓은 목장이 펼쳐졌다. "스바라시이." 장모의 그 말에 조용히 차를 세웠다.

넓은 목초지에는 소 몇 마리가 느릿하게 꼬리를 흔들며 풀을 뜯고 있었다. 사람은 보이지 않았다. 차가운 바람이 잔디 위를 스쳐 지나갔고 풀잎이 그 바람결에 따라 파도처럼 흔들렸다. 새하얀 등대 한 채가 흐르는 구름 사이에 섞여 있었다.

"아이가 뛰어놀기 딱 좋은 곳이네." 장인이 말했다.

"나중에 아이랑 꼭 다시 와야겠어요." 바닷바람을 맞으며 승채가 외치자 아내는 웃었다.

어느샌가 목초지 한가운데로 걸음을 옮긴 장모가 다리를 앞뒤로 벌리고, 양손을 머리 위로 쭉 뻗더니 천천히 허리를 뒤로 젖혔다. 곧 그게 요가 자세라는 걸 알았다. "활기를 느끼고 싶다더니, 여기서 충분히 채우고 가겠네." 장인은 크게 웃었다. 승채는 그 웃음소리에 안도감을 느꼈다. 귓불이 시리도록 찬 바람이 불었다. 그 바람이 자신 안의 어스름한 감정까지 훑고 지나가는 듯했다. 이번 여행 내내 품은 못난 마음도 함께였다.

  그래서 근처 식당에서 장모가 굳이 추운 야외 테라스로 나가자고 고집했을 때, 승채는 주저하지 않고 앞장섰다. 라탄 의자에 앉자 발밑의 나무 데크가 삐걱거렸다. 낮은 담장 너머로 2차선 도로와 잔잔한 바다, 작은 섬이 시야를 채우는 자리였다. 바람이 방향을 바꿀 때마다 불쑥 코끝을 스치는 뜨끈한 하수도 악취만 빼면 거의 완벽한 자리였다. 장모는 구아바주스 한 잔만을 주문했다.

  "그런데 MBA 포기하겠다는 건 입학금 때문이야?" 장모가 느닷없이 물었다.

  "포기가 아니라 연기라고 했잖아. 회사도, 아이 일도 있고." 아내는 이 대화가 익숙한 듯 빠르게 답했다.

  "애가 아직 들어선 것도 아닌데 뭘 그리 앞서가?" 장모는 구아바주스를 자신의 앞으로 잡아당겼다.

  "좋은 아빠가 돼야죠. 좋은 남편도 되고." 승채가 답하자 장모가 되물었다. "좋은 아빠?" 승채는 미소를 유지했다.

  "좋은 아빠라 말하는 사람치고," 장모는 구아바주스를 한 모금 마시고는 빨대로 잔을 휘휘 저었다. 얼음이 짧게 부딪히는 소리가 났다. "돈 제대로 버는 인간을 못 봤어." 장모는 조용히 눈살을 찌푸렸다. 탁자 위에 올려진 냅킨이 바람에 날아갈 듯 흔들렸다.

  아내는 돈 못 버는 거랑 좋은 아빠랑 무슨 상관이냐고 되물었다. 장모는 자신의 잔을 바라보다가 "여기가 이렇게 추운데, 묻지도 않고 차가운 걸 그냥 주네." 중얼거리며 빨대를 꾹꾹 눌렀다. 얼음이 또다시 부딪혔다. 승채는 장인을 보지 않으려고 애썼다.

"학위 딴다고 달라질 게 없을 것 같아서 고민 중이에요. 비용도 만만찮고요." 승채가 말했다.

"왜 달라지는 게 없다는 거야?"

승채는 농담처럼 넘기려 어색하게 웃었지만 장모는 눈을 피하지 않았다.

"그게 뭐랄까요. 열심히 계단을 오르다 보니, 어떤 층 위로는 엘리베이터를 타야만 갈 수 있는 곳이 있다는 걸 알게 된 느낌이랄까요."

장모는 가만히 승채를 바라보다가 "이해가 안 되네." 고개를 갸웃하며 낮게 중얼거렸다. 승채가 다시 설명하려 입술을 떼자 장모는 고개를 저었다.

"외국 시험 몇 개를 한 번에 붙었다 해서 똑똑한 줄 알았는데, 영 맹탕이구먼."

"네?" 승채는 고개를 들었다. 장모의 눈이 정면에 있었다.

"남의 금덩이를 똥으로 보면 자존심이 좀 살아?"

짧은 정적이 흘렀다. 아내는 입술을 깨물었고 장인은 눈가를 가늘게 찡그렸다. 승채는 서로를 더 잘 안다는 것이 때로는 짧은 말로도 깊은 상처를 남길 수 있다는 것임을 새삼 느꼈다. 그런 상처는 좀처럼 아물지 않는다는 것도.

"필요하면 도와줄 테니 핑계는 그만 대고." 장모의 목소리는 한층 더 매섭게 부드러워졌다. 아내가 대신 반문하려는 찰나 종업원이 다가와 새우 꼬치가 담긴 접시를 내밀었다. 윤기 나는 껍질과 살짝 붉은빛을 띤 꼬치에서는 은은한 탄내와 고소한 기름 냄새가 감돌았다. 아무도 수저를 들지 않았다.

"제가 너무 좋은 장모님 만나 버린 거 같네요."

"갑자기 그건 또 무슨 뜻일까?"

"전 여태껏 제 일은 제 손으로 해 왔는데, 이렇게 또 도와주신다고 하시니 너무 감사해서요. 어차피 저는 땅값이 몇 배로 뛴 덕분에 월세만으로 먹고살 수 있는 사람이 되진 못할 텐데, 장모님 덕분에 학위도 따고, 좋은 아빠도 될 수 있을 것 같습니다."

그 말을 내뱉자마자 한국에 있는 아파트, 차, 그리고 일본에서 그동안 먹고 마신 모든 것들이 자신의 돈이 아닌 장모의 돈으로 채워졌다는 걸 깨달았다.

"좋은 아들도 되고 말이지." 장모가 시선을 비껴가며 말했다. 그러고는 낮게, 평생을 벌어 봐라, 마치 사실을 읊조리듯 덧붙였다.

승채는 얼굴에 열이 오르는 걸 느꼈다. 동시에 그게 화가 난 것처럼 보일까 하는 우려가 들었고, 그런 걱정까지 해야 한다는 사실에 숨이 막혔다. 자리에서 일어나고 싶었다.

"자자, 새우 나왔다. 새우가 일본어로는 에비라더니, 이 애비가 에비 좀 먹어 볼까?" 장인은 일부러 웃음을 섞으며 새우 하나를 집었다. 껍질을 벗기다 손끝이 어딘가에 찔렸다. 피가 맺혔다. 아내가 걱정스러운 표정으로 티슈를 건넸고,

몇 장이 바람에 흩날렸다. 장인은 피를 닦고는 괜찮다며 고개를 저었다. 바람은 그치지 않았다. 장모의 머리카락이 헝클어졌다. 하지만 장모는 머리를 매만지지 않았다.

"좋은 아빠 되려면 부모한테도 잘해야지, 본보기를 보이려면." 장모는 짐짓 부드러워진 목소리로 말하고는 구아바주스를 천천히 마셨다. "명절 아니더라도 사돈께 용돈도 가끔씩 드리고 하지?"

승채는 즉시 아내를 바라보았다. 아내는 장모에게 가까이 붙어 무어라 다급히 따지듯 말했다. 장모는 귀찮다는 듯 고개를 끄덕였다.

"어쨌든 허 서방은 좋은 아빠가 될 것 같아, 내가 봤을 땐." 장모의 얼굴에 엷은 웃음이 걸렸.

료칸으로 돌아오는 내내 장모의 말이 머릿속을 떠나지 않았다. 좋은 아빠라는 단어 뒤에 승채의 신경을 파고드는 무언가가 있었다. 우회전하려고 방향지시등 레버를 당기자 갑자기 와이퍼가 움직였다. 두 기능의 조작법이 한국과 반대라는 걸 다시금 떠올렸다. 문득, 일부러 헷갈린 척 뭔가를 잘못 눌러 장모를 놀라게 만들고 싶다는 충동이 일었다. 그러나 룸미러에 비친 장모는 꼿꼿이 앉아 창밖만 바라보고 있었다. 어느 쪽에도 기대지 않은 듯했고 그럴 마음도 없어 보였다. 그 모습을 바라보다가 뒤차의 경적을 들었다. 짧게 두 번. 조심하라는 듯이. 그 소리가 유리창을 통과해 몸속으로 파고드는 듯했다. 핸들을 살짝 조정했지만 금세 아무 문제도 없다는 걸 깨달았다. 장모는 여전히 움직이지 않았다. 승채는 잠깐 동안 뒤차가 자신의 무엇을 보고 경적을 울린 것인지 궁금했다.

  공항 통합주차지원센터 한쪽 벽면에 붙은 대형 모니터가 밝은 빛을 쏟아 내고 있었다. 화면을 바라보던 승채는 눈을 몇 번 깜빡였다. 몸 구석구석으로 피로가 번지는 게 느껴졌다. 잠시 기다리자 남자도 CCTV 열람 동의서를 센터 직원에게 내밀었다. 직원은 상담용 모니터를 두 사람 쪽으로 돌렸다. 4분할한 화면이 떠 있었다.
  "한 시간쯤 전 맞으시죠?"
  마우스 클릭 소리가 났다. 네 개의 화면이 동시에 빠르게 되감겼다 멈추기를 반복했고, 두 차 주변으로 몇 대의 차량과 사람들이 나타났다가 사라졌다. 시멘트 바닥만이 불빛에 드러났다 사라졌다.
  곧 장모의 실루엣이 나타났다.
  "하나씩 천천히 보겠습니다."
  좌측 대각선에서 잡힌 화면이 먼저 재생됐다. 장모는 운전석 뒤쪽이 더 넓은데도 조수석 뒷문을 열었다. 남자가 화면을 확대해 달라고 요청했다. 비스듬한 각도 탓에 문이 완전히 열리는 순간은 정확히 잡히지 않았다. 하지만 차가 흔들릴 정도였다는 남자의 주장과는 달리, 옆 차는 미동도 없었다.
  "반대쪽도 보여 주세요." 남자가 다시 목소리를 높였다. 이번엔 장모의 손이 문 끝을 정확히 붙잡고 있는 게 보였다.

도어 가드를 감안하면 흠집을 냈다고 하긴 어려워 보였다. 영상 속에서 차 문이 닫히자 화면이 멈췄다. 남자는 센터 직원에게 의견을 물었다. 저는 판단을 하지는 않습니다, 직원은 덤덤하게 답했다.

"부장님도 느끼셨잖아요?" 남자가 물었다. 부장은 고개를 저었다.

"역시 보길 잘하셨네요." 보험사 직원이 밝아진 얼굴로 승채를 보며 말했다. 그러고는 옆 차의 운전석 문이 열리던 장면을 보여 달라고 요청했다. 하지만 마찬가지였다. 옆 차 역시 승채의 차에 닿지 않았다.

"서로 문콕 한 게 아닌 듯하니, 이제 그만하시죠."

보험사 직원이 말했다. 다시 마우스 클릭 소리가 났다. 화면이 한차례 깜빡이더니 다른 장면이 나타났다. 장인은 옆 차 안을 들여다보고 있었고, 아내와 장모는 장인을 바라보며 무슨 말을 주고받는 듯했다. 세 사람은 모두 차에 타지 못한 채였다. 그제야 화면이 실시간 영상이라는 걸 깨달았다. 스마트 키는 자신의 주머니에 있었다. 그때 장모가 가방에서 무언가를 꺼냈고 승채는 그대로 멈춘 채 그 모습을 바라보았다. 남자와 부장이 먼저 센터를 빠져나갔다. 보험사 직원이 그 뒤를 따랐다. 승채가 아내에게 전화하려던 순간, 아내가 조수석 문을 벌컥 열었다. 소리는 없었지만 옆 차가 아주 미세하게 흔들린 것 같았다. 문이 옆 차에 닿았다는 걸 직감했다. 아내는 차에 올라탔다. 장모는 옆 차를 한 번 살피더니 다시 조수석 쪽으로 시선을 옮겼다. 보험사 직원이 가리켰던 흠집 부근이었다. 그제야 센터 직원도 그 장면을 함께 보고 있다는 사실을 알아챘다. 그러나 직원은 아무 말 없이 모니터를 돌리더니 자리에서 일어났다. 장모는 손에 쥔 뭔가를 가방에 넣더니 뒷좌석 문을 천천히 열었다. 승채는 숨을 깊이 내쉬었다. 이제 다 끝난 것 같았지만 무언가를 서두르고 싶은 마음이 천천히 차올랐다. 바깥에서 보험사 직원이 남자 일행과 이야기를 나누고 있었다. 승채는 그들을 바라보다가 입을 다문 채 차로 돌아갔다. 걸음이 점점 빨라졌다.

공항을 벗어나자 금세 정체가 시작되었다. 오후 5시, 짙은 주황색 하늘이 아스팔트와 차들의 굴곡 사이로 녹아 있었다. 날씨가 쌀쌀해 히터를 세게 틀었다. 팬 소리가 차 안의 고요를 서서히 채웠다. 온기가 돌자 창문이 흐려졌다. 승채는 한동안 그대로 두었다가 히터 세기를 줄였다.

룸미러 속 장모는 창밖에 시선을 두고, 장인은 눈을 감고 있었다. 아내는 휴대폰과 앞쪽 도로를 번갈아 훑었다. 일본에서의 운전 감각은 이미 멀어져 있었다. 정지 신호에 차를 멈추자 보험 상담사에게 전화가 걸려 왔다. 차에 난 문콕을 자차 보험으로 처리할 것인지 물었다. 평소 운전 습관처럼 스피커폰으로 받은 것이 조금 후회되었.

"우리가 문콕 한 게 아닌데 무슨 보험 처리를 물어보는 걸까?" 통화를 마치자 아내가 물었다. "그냥 마무리 전화겠지." 승채는 표정을 조금 찌푸리며 웃었다.

아내는 뒤를 돌아보며 함께 저녁을 먹고 헤어질지 물었다.

일부러 그러는 듯 규탄야키가 생각난다고 했다. 장인은 그게 뭐였냐고 물었다.

"거기, 자릿세 받던 식당."

장모가 대신 대답했다.

"그래도 거기가 제일 내 입맛에 맞긴 했어. 분위기도 괜찮았고." 짧게 숨을 내뱉듯 웃으며 덧붙였다.

그날, 식당에서 혼자 기다리던 순간이 떠올랐다. 다들 둘러보고 오라 말하며 웃었었다. 아내는 돌아오는 길을 헤맸고 승채는 식탁에 앉아 늦어지는 일행에 관해 설명하느라 애를 먹었다. "그냥 같이 기다릴걸." 아내는 미안해했다. "어차피 난 이런 일 하러 온 거잖아." 승채는 툭 내뱉듯 말했다. 그때 아내는 인상을 찌푸리다 무슨 말인가 하려 했지만 장모와 장인이 다가오자 입매를 고쳤다. 승채는 그날 자신이 던졌던 말이 아내의 어디쯤, 얼마나 깊은 곳에 남아 있을지 생각했다. 가만히 옆얼굴을 살폈다. 아내의 볼에 닿은 주황빛이 미끄러지듯 흘러갔다.

"저 차는 무슨 자국이 저렇게 많아?"

교통 신호가 다시 바뀌었다. 장모는 멈춰 선 옆 차를 향해 손짓했다. 장인은 문콕으로 한바탕 일을 치르고 나면 이상하게 저런 게 자꾸 눈에 밟히는 법이라며, 이제 더는 신경 쓰지 말라고 했다. "저런 자국도 오래되면 원래 있었던 것처럼 보여." 장인은 반대편 창문으로 고개를 돌렸다. 더는 볼 것도 말할 것도 없다는 얼굴이었다.

어둑해진 도로 위로 불그스름한 자동차 후미등이 길게 뻗어 있었다. 신호가 바뀌자 옆 차가 미끄러지듯 먼저 나아갔다. 멈춰 있을 때 분명하게 보이던 자잘한 자국들은 빛과 어둠 사이로 스며들었다. 보이지 않게 된 것은 저마다의 자리로 흘러갔다.

"허 서방." 장모가 불렀다.

승채는 운전에 집중하듯 숨을 가다듬었다. "네, 장모님." 하고 작은 목소리로 대답했다. 붉은빛이 천천히 이어졌다. 멀리까지, 끝이 보이지 않게. 승채는 룸미러를 슬쩍 쳐다보고는 어둠 속을 가득 채운 빛의 흐름에 맞춰 서서히 앞으로 차를 몰았다. 차 안엔 아직 온기가 남아 있었다.

수상 소감

　세상은 어쩌면 크고 작은 문콕을 주고받는 곳은 아닐까 하는 생각이 문득 들었습니다. 그런 생각이 든 건, 실제로 문콕을 내 버리고 보험 처리를 하던 도중이었습니다.

　어느 주말 오후, 가족과 한강 공원에서 돌아오던 길에 뒷좌석 문이 옆 차에 닿는 모습을 보았습니다. 옆 차의 홈집을 우리가 만든 것인지 확신이 들지 않아 우선은 집으로 돌아왔습니다. 다만, 집에서 그 한강 공원까지는 멀지 않았습니다. 자전거로 한강 다리를 건너고, 몇 번의 오르막과 내리막을 통과하는 동안 여러 생각이 스쳤습니다. 다행인지 불행인지, 옆 차는 여전히 같은 자리에 있었고 저는 전화를 걸었습니다. 집까지 갔다가 돌아왔다는 혼자만의 의미 부여는 아무런 소용이 없었습니다. 도망갈지 모른다며 붙잡아 두려는 듯한 상대방의 태도에 실망했지만, 아이가 태어난 이후로는 최대한 떳떳하게 살아가야 하겠다는 다짐으로 그 일을 마무리했습니다. 사람들이 주고받는 말과 행위에도 이런 문콕이 있지 않을까 생각했고, 이 일을 언젠가 소설로 쓰겠구나 하는 마음이 따라왔습니다.

　사람들이 서로 주고받는 작은 툭툭거림은 아무 일도 아닌 듯 사라지기도 하지만, 때로는 많은 것들을 바꿔 놓기도 하는 듯합니다. 그런 사소하고 섬세한 부분을 알아차리고 신경 쓰는 도중에 서로에 대한 감정이 천천히 쌓여 가는 것이 아닐까, 그런 생각에 상처가 될 만한 툭툭거림을 조심하려 하지만 대부분 실패합니다. 그럼에도 자동차의 문콕과는 다르게, 우리의 말과 행동은 좋은 것들을 천천히 쌓아 갈 수 있다는 점이 다르지 않나 생각합니다.

　이번에 작품을 발표할 기회를 얻게 된 건 분명 운이 따른 덕분이지만, 그 운에 닿은 건 함께 툭툭거림을 주고받는 많은 분 덕분입니다. 몇 년 전부터 꾸준히 글을 읽고 의견을 주고받고 있는, 혜수, 재현, 유선, 수진, 양우, 하빈, 해용, 현민, 예솔, 선우,

수빈, 현모, 다운, 지연, 민정, 성현 님께 감사드립니다. 특히 저의 못난 시작부터 꾸준히 함께해 주신 상훈, 미현 님께는 늘 고마운 마음뿐입니다. 지금은 글의 장르가 달라 더는 모이지 않게 되었지만, 역시 처음부터 오랜 시간 큰 지지가 되었던 은영, 민규 님 역시 꼭 고맙다는 말 전하고 싶습니다.

  많은 격려와 큰 용기를 주신 하성란, 문지혁, 임현, 김이설 작가님, 그리고 가르침을 주셨던 다른 여러 선생님들께도 감사드립니다.

  커다란 해외 전시회 일정을 마치고 호텔로 향하는 리무진 버스 안에서 이 글을 쓰고 있습니다. 호텔에 도착하면 맡겨 둔 짐을 찾아 공항으로 갈 것이고, 밤 비행기를 타고서 집으로 돌아갈 예정입니다. 그러면 또 고쳐야 할 글과 쓰고 싶은 글이 있을 것이고, 읽어야 할 문우들의 글이 있을 것입니다. 그렇게 작은 주고받음을 이어 가며 섬세한 연대를 쌓아 가고, 그렇게 계속 쓰는 사람이 될 것입니다. 제 글을 좋게 읽어 주시고 그런 의지를 북돋아 주신 여러 심사위원님께, 그리고 이 기회를 마련해 주신 웹진 림 측에 진심으로 감사드립니다. 기분 좋은 툭툭거림을 천천히, 하지만 오래 쌓아 가도록 하겠습니다. 감사합니다.

정회웅

부산 출생. 낮에는 해외영업팀으로 일을, 저녁에는 육아를, 밤에는 각종 글 모임을 한다. 앤솔러지 『셋셋 2024』에 단편소설 「기다리는 마음」을 실었다.

심사평

소영현 문학평론가

2025년도 제2회 림 문학상 심사는 총 535명의 응모작 1,079편을 대상으로 이루어졌다. 응모작의 편수가 이미 말해 주듯, 심사는 처음부터 끝까지 사실상 지난했다. 예심 과정에서 응모작의 완성도와 작품성, 그리고 개성까지를 충분히 검토하기 위해 적지 않은 시간이 투여될 수밖에 없었지만, 허수 없이 상향 평준화된 응모작 사이에서 그 미묘한 차이를 변별하기란 그리 쉬운 일이 아니었다. 약 100:1의 경쟁률을 뚫고 선정된 작품들을 두고 이루어진 본심 과정에서도, 수상작은 말할 것도 없이 가작 선정을 두고도 합의가 쉽게 이루어지지 않았다. 1,079편의 무게를 의식한 채 심사가 이루어질 수밖에 없었기 때문일 것이다.

  무엇이 문학이며 무엇이 좋은 소설인가에 대해서는 각기

다른 입장과 관점이 있기 마련이지만, 문학에 관해 오랜 시간 논의를 이어 가다 보면 기준으로 삼고자 하는 각기 다른 입장과 관점들 가운데 오히려 서로 동의되지 않는 게 거의 없음을 깨닫게 될 때가 많다. 그럼에도 문학상 심사 자리에서 하나의 작품을 두고 의미와 가치 평가가 일치하기란 쉬운 일이 아니고, 서로 전혀 상반된 평가를 내리게 되는 경우도 많은 편이다. 비슷한 듯한 기준들 사이에는 중요도가 있을 것이고, 심사하는 이들이 포기할 수 없는 기준들도 다를 것이며, 무엇보다 한국문학이 세계적 보편성을 마련해 가는 추세와 함께 테마와 형식의 다양성이 크게 확대되고 있는 이즈음에는 심사하는 이들 각자에게 그 격차가 좀 더 뚜렷하게 부각될 수밖에 없기 때문일 것이다. 논의가 원점으로 다시 돌아가는 듯한 기분을 몇 번이나 느낀 이후에야 최종적으로 수상작을 결정할 수 있었다.

「목요일의 집」(오재은)은 청소년의 문제로 한정 짓기 쉬운 가출 문제를 집의 문제로 확장하여 다룬다. 무거운 주제를 안정된 톤으로 매끄럽게 끌고 가면서, 탈출하고 싶지만 돌아가고도 싶은 곳으로 '집'을 의미화한다. 소설 너머 지금 이곳에서의 '집'의 의미까지를 질문하며 소설적 보편성을 획득한다. 「곰이 아들을 먹었어요」(안덕희)는 단문이 만들어 내는 힘이 돋보이는 소설이다. 앞선 설정들을 계속 뒤집으며 새로운 정보들을 통해 해석의 불확정성을 만들어 내고, 문장이 확보한 속도감과 통제되지 않는 듯한 감정의 분출이 서사적 흡인력을 만들어 내는 폭발력 있는 소설이다.

「문콕」(정회웅)은 자동차 접촉 사고라는 작은 에피소드로 가족 내 권력관계를 장면화하는 역량을 보여 주는 소설이다. 문장의 힘으로 사람들 사이의 관계가 만들어 내는 긴장감을 포착하고 있어 확장성이 기대된다. 「한강숙이 용」(전예진)은 돌봄과 노동에 지친 여성 노인이 '기대에 미치지 못한' 용이 되는 변신 이야기이다. 사회적으로 현실감 있는 소재를 적당한 정도의 유머러스한 상상력과 과하지 않은 재치를 과시하는 문장들로 버무려 거부감 없이 흥미롭게 읽게 하는 사랑스러운 소설이다.

수상작인 「오카리나」(옥채연)는 오카리나의 음색처럼 맑고 부드러우며 서정적인 분위기가 돋보이는 소설이다. 10대 소녀의 사랑과 실연, 고독과 고통을 다루는 친숙한 서사 사이에 미성년자 성폭력, 죽음, 트라우마, 유령 친구 등 무거운 소재들을 배치하고 있으며, 환상과 상상을 통해 서사로 다 요약되지 않는 풍부한 디테일을 마련한다. 그것들로 날카로운 마음들과 멜랑콜리한 분위기를 잡힐 듯이 포착한다. 누구도 발견하지 못한 감정들이, 마음들이, 장면들이 거기에 있었음을 환기하는 매력적인 소설이다.

심사하는 동안 심사위원으로서 나는 눈을 크게 뜨고 응모작이 시대와 호흡하는 동시에 자기 세계를 구축하고 있는지 살피고, 눈을 가늘게 뜨고 응모작에서 이후 좋은 작품을 쓸 수 있는 자질이나 투지가 엿보이는지를 살핀다. 예술 세계가 대개 그렇듯, 하나의 좋은 소설이 다음에 올 좋은 소설을 약속해 주지는 않지만, 응모작을 뜯어보며 그런

점괘에 가까운 미래를 어떻게 점칠 수 있을지 곱씹는다. 당연하게도 오리무중으로 빠져드는 느낌을 떨치기 어려워진다. 한 편의 소설에 작가의 모든 역량이 다 담겨 있을 리 만무하며, 한 작가가 앞으로 어떤 세계를 만들어 나갈지에 대해 예측은커녕 상상하기도 쉽지 않다는 것을 인정해야 하기 때문일 것이다. 어떻든 한 작품과 다음 작품 사이의 그 틈을 모든 예술이 등장하기 위해 피할 수 없는 창작의 고통으로도 명명할 수 있다면, 그 틈을 가뿐히 뛰어넘어 아무것도 약속해 주지 않는 다음 세계로 용기 있게 나아가기를 바란다.
림 문학상 수상을 축하한다.

심사평

안보윤 소설가

예심에서 본심에 이르기까지 내심 가지고 있던 마음 하나는 응원이었다. 응모자들이 지난한 시간을 들여 완성했을 작품을 꼼꼼히 살펴 가장 가까이에서 지지하고 성원해 주는 일이 심사위원에게 주어진 임무라는 생각에서였다. 담대하거나 유쾌하거나 엉뚱하거나 정교하거나, 말로 다할 수 없을 만큼 다양한 작품을 한 번에 접하는 일은 즐거운 만큼 부담스럽기도 하다. 심사의 과정이 길고 고되었던 것도 심사위원들이 각각의 작품에 깊은 성원의 마음을 가지고 있었기 때문일 것이다.

「곰이 아들을 먹었어요」(안덕희)는 제목만큼이나 강렬한 도입부가 흥미롭게 읽혔다. 인물이 처한 상황과 혼란스러운 감정 상태가 문장의 리듬과 잘 어울려 소설에 쉽게 몰입할

수 있었다. 초반의 집중력과 대범함이 전개에 대한 기대를
불러일으켰으나 결말부로 갈수록 일반적이고 보편적인
선택의 문장들로 채워진다는 점이 못내 아쉬웠다. 쉽게
역치에 도달한 상태에서 그대로 끝이 나 버린 듯한 느낌은
함께 투고한 「벽돌」에서도 마찬가지로 느껴졌다. 좋은 감각과
발상, 흥미로운 사유와 긴장감 있는 전개라는 강점들이
상당한데도 서사를 더는 확장시키지 못하고 원점에 머물다
보니 평이한 결말에 이르는 구조가 반복되는 듯했다.
대상작으로 추천할 수는 없었으나 작가에게 깊은 응원의
마음을 보낸다.

「오카리나」(옥채연)는 예심에서부터 여러 번 반복해
읽은 작품이었다. 전형적인 캐릭터와 사건을 다루고 있다고
생각하면서도 페이지를 넘길 때마다 눈과 손을 붙드는
문장들의 매력에서 벗어나기 어려웠다. 투박하지만 진솔하게
읽히는 장면 장면들이 작가의 개성적 문장과 맞물리면서
인물의 상태를 더욱 입체적으로 전달하고 있다고 느꼈다.
흠잡을 데 없이 정교한 구성은 독자를 설득하는 데 있어
효과적일 수 있겠으나 지나치게 논리적인 탓에 인물이
잘 보이지 않을 때가 있다. 「오카리나」는 일견 산만하고
불투명한 구성으로 읽힐 수 있지만, 그런 대범한 구성
덕분에 인물이 자유롭게 발화한다는 점이 인상적이었다.
함께 투고한 「키스」 역시 거침없는 전개와 알맞은 문장들로
이루어져 있었는데, 그럼에도 섬세한 감정들이 얽히고 맺히는
장면이 있어 오래 눈길을 끌었다. 자신만의 표현 방법을 줄곧

추구하고 있다는 점이 작가에 대한 기대와 신뢰로 이어졌다. 대상 수상을 진심으로 축하드린다.

심사평

염승숙 소설가·문학평론가

편집부로부터 림 문학상 응모작들을 받았을 때, 나는 한 가지 감정에만 사로잡혀 있었다. 그건 이 불가해한 시대에서 사회의 일원으로 살며 함께 소설을 쓰고 있다는 '동류의식'이었다. 작가는 홀로 노동하면서 개별화된 고독을 감각하게 되지만, 소설 쓰는 행위 그 자체만 두고 본다면 우리는 '협력적'이다. 시대·사회와 호흡하고 타인과 조응하며 식별해 낸 인식의 총체로서 작가는 소설을 쓴다. 그렇게 써 낸 작품으로 또 다른 연대와 화합을 도모한다. 정신적으로나 물질적으로나 결코 풍요롭지 않은 소설 쓰기의 행위로, 작가는 시대와 불화하려는 실존의 위기를 넘어서 진실을 탐구한다. 나는 고맙고 반가운 마음으로 긴 시간, 온 마음을 들여서 작품들을 읽었다.

운이 좋게도 예심에서 나는 탐구자 정신에 입각한 의지의
산물들을 많이 발견했다. 장르소설의 대중화가 체감될 정도로
SF, 추리, 로맨스 등의 형식적 요소와 그에 따른 흥미로운
내러티브들을 다양하게 접할 수 있었다. 다만 응모작들의
수준이 상향 평준화되면서, 장르소설의 서사적 문법을
매끄럽게 차용하는 것 외에 기성작가들의 작품에서 익히
보아 온 캐릭터와 소재들이 남발되는 모양새는 아쉬웠다.
성장기 청소년을 등장시키는 학원물과 역사적 사실을
배경으로 판타지와 결합시키는 웹소설도, 스토리의 재미와는
별개로 결말까지 이르는 미학적 완성도가 높지 않아서
안타까웠다. 또한 두 편 이상씩 응모하는 공모전이기에
무엇보다도 작품의 편차 없이 고르게 안정되어 있는지를
우선적으로 평가하게 되었다. 이것은 보다 더 서사적으로
완성되어 있는 동시에 집약적인 개성을 드러내는 작품들을
찾아내기 위해 애를 썼다는 이야기와 같다.

　당선작과 가작으로 뽑힌 작품들은 심사위원들이
개별적으로 선별한 작품들을 한데 모아 이야기하는 과정에서
지극한 마음으로 골라낸 수작들이다. 응모작들의 장단점을
논의하며 심사위원들 간의 의견 차를 조율했고, 양보 없는
협의의 과정을 이어 가 최종적으로 당선작과 가작을 결정하게
되었다. 작품을 통해 이미 확보한 작가적 개성을 인정하면서,
그에 더해 앞으로 각자 좀 더 자기 세계에 몰두해서 다채롭게
펼쳐 낼 미래에의 성장 가능성에 초점을 맞추어 작품마다
다소 거칠고 서툰 요소들을 발견하더라도 작가 고유의

개성으로 수용하고자 했다.

  당선된 작가들의 문운을 빌며 부디 작가 자신의 내면으로부터 길어 올리는, 끈질긴 '쓰기'의 과정을 온몸으로 무탈히 겪어 내기를 응원하고 싶다. 그리고 마지막으로, 림 문학상에 소중한 원고를 보내 준 모든 응모자들에게 깊은 감사의 마음을 전한다. 매일 읽고 쓰는 지난한 시간을 견딘 응모자들은 이미 작가임에 틀림이 없다. 소설 쓰는 자신을 마음껏 다독이고 스스로에게 너그러운 애정을 주면서, 모쪼록 한 번 더 '앞'을 향해 나아가길 간절히 바란다.

심사평

성현아 문학평론가

소설적 완성도를 갖추었는지, 문제의식에 새로움이 있는지, 기성작가의 스타일을 따라 하지 않고 자기만의 개성적인 목소리로 서술하는지 등을 기준으로 삼아 투고작을 읽었다. 본심에 올리지 못할 작품이라는 판단이 섰음에도 읽기를 멈출 수 없는 작품이 많았다. 사실 대부분이 그러했다. 그런 의미에서 한 사람이 써 낸 모든 서사에는 고유한 매력이 있음을, 그리고 조금 무책임한 말이지만, 어떤 기준에서는 미달이라 해도 각각의 이야기는 그것만의 가치를 지닌다는 점을 새삼 깨닫게 되었다. 본심에 올려도 좋을 흥미로운 작품들이 많았다. SF보다는 일상에 밀착한 작품들이 많았고, 대부분의 투고작이 일정 수준의 형식적 완결성을 갖추고 있었다. 문제의식이 철저히 개인에게만 머무르고 있는, 다소 폐쇄적인 소설이 많은 편이라 그 부분은 아쉬웠다.
　제일 먼저 본심에 올린 작품은 「곰이 아들을 먹었어요」와 「벽돌」(안덕희)이었다. 두 작품 모두 흡인력이 상당했다. 서사적 긴장감을 증폭시키면서도 독자의 기대와 예상을 여지없이 비껴가는 전개가 매우 흥미로웠다. 종종 정돈되지 않은 문장이나 날것의 이미지가 돌출하기도 했지만, 그마저도 매력적으로 느껴졌다. 「곰이 아들을 먹었어요」는 집착적 모성을 과장되게 연기하며 자기 결핍을 채우려는 여성과 곰에게 먹히겠다고 작정한 아들의 뒤틀린 모자 관계를 엄마의 관점에서 그린 개성적인 작품이다. 그런 엄마를 바라보는 세간의 시선이 연민에서 경멸로 한순간에 뒤바뀌는 대목은 여성에게 강요되는 모성과 그 이중 잣대를 환기한다. 소통 불가능한 아들을 늙어 죽을 때까지 방에 가둬 둘 수 있도록 엄마로서 책임을 다하려는 인물과 그와 얽힌 기이한 설정들을 통해 모성을 확장하여 논의할 수 있게 한다는 점에서 굉장히 유의미하게 느껴졌다. 아들은 장애를 지닌 아이로도, 히키코모리가 되기를 자처한 캥거루족으로도, 자기 세계에 갇힌 자폐적 인물로도, 아니면 아예 곰으로도 읽힐 수 있는데, 그로 인해 다층적으로 해석될 수 있다는 점 역시 이 작품의 미덕이었다. 다만 결말의 경우 그 다채롭던 결들을 하나로 수렴시키면서 다소 단선적으로 끝이 나고 있어서 약간의 아쉬움이 남았다. 「벽돌」 역시 독특한 소재와 개성적인 분위기를 두루 갖추고 있었고, 주거난과 투기, 빈부 격차, '비행 물체의 등장을 좁은 시야로 해석해 보려는 인간들의 갈등', '임신과 결부되는 여성의 성적 윤리' 등을 폭넓게 다루는 작품이었다. 조금은 위험한 관점으로 읽힐 여지가 있어 보였지만, 그것이 작가가 지닌 잘못된 시선이라는 생각이 들지 않았고, 그 불편한 부분까지 밀어붙여 논의해 보려는 의욕적인 시도로 신뢰하게 되었다. 그러나 화자가 벽돌을 낳는 결말은 다소 단순하고 직접적인 연결로 보인다는 지적이 나왔고, 이에 동의할 수 있었다. 결말 처리 방식을 좀 더 고심한다면 더욱 좋은 소설이 되리라고 생각한다. 두 작품 모두 대상작이 되어도 좋을 정도의 흥미롭고 우수한 작품이라고 덧붙이고 싶다. 작가의 다음 작품도 무척 기대된다.

두 번째로 본심에 올린 작품은 「한강숙이 용」(전예진)이다. 전개가 다소 안이한 면이 있고, 불필요하거나 작위적인 서술도 종종 있었으나, 애착이 가는 이야기였다. 전문적인 용어가 아니기는 하지만, "소설이 전반적으로 너무나 귀엽다"고 자꾸 강조하게 되었다. 그것은 중심인물인 70대 여성 '한강숙'의 꿋꿋함과 다정함, 어설프게 용기 있고 쓸데없이 오지랖 넓은 그 면모들에 매료되었기 때문에 생긴 감상이 아닐까 싶다. 강숙은 느닷없이 용이 되는데, 그것이 극적인 변화를 불러오지 않는다는 점이 이 이야기의 개성이라 할 수 있다. 작은 도마뱀 같은 몰골이 되어, 각자 견뎌 온 삶과 참았던 오지랖을 성토하는 '오미자' 모임에 참가하면서 치료 방법을 백방으로 구하지만, 강숙에게 크나큰 문제는 그녀의 딸에게는 같은 크기로 인식되지 않는다. "평생 엄마만 불쌍하지?"와 같은 원망을 들으면서 손녀를 잘 돌보는 일을 당부받게 되는 과정이 감정의 과잉 없이 사실적으로 그려지고 있었다. 돌봄과 노동의 굴레에서 벗어나지 못하는 노년의 여성이 그 무게를 아주 비극적으로 실감하지는 않는 이 현실적인 서사가 경쾌한 상상력과 연결되자 산뜻하게 새로웠다. 좀 더 응집력 있게 서술되었다면 완성도가 더욱 높아졌겠으나 지금 이대로의 문체도 소설의 전반적인 분위기와 잘 어우러졌다. 사람의 마음을 움직이는, 인물을 연민하고 또 애정하게 만드는 소설을 지지하지 않을 수 없었다. 다만 그러한 여정을 경험한 이후에도 강숙의 삶이 달라지지 않는다는 결말보다 조금 더 멀리 갈 수 있는 여지는 없을까 생각해 보게 된다.

　본심에 올렸지만, 가작이 되지 못한 「연옥만세」(김은동)는 '연옥'의 발화만으로 소설을 이끌어 가는데도 어색함이 전혀 없고 가독성이 높아 놀라운 소설이었다. 모든 사건을 연옥이 말해 주는데도 그 어떤 이질감도 없었고 도리어 극적이기까지 했다. 이러한 문체를 유지하면서 밀도 높은 서사를 완성해 냈다는 것만으로도 상당한 필력을 지닌 작가라는 점을 알 수 있었다. 다만 문제가 되었던 것은 우려스러운 결말이었다. 가정 폭력 피해자인 연옥이 자신에게 칼을 휘두르기까지 한 남편 걱정을 하면서 소설이 마무리되고 있어 여성 인물이 더 멀리 나아가지 못하는, 마찬가지로 문제의식이 이 이상으로 확장되지 못하는 인상을 남기기 때문이다. 그러나 작가의 다른 작품까지 검토했을 때, 이 작가가, 교육의 기회에서도 소외된 채 가부장제에 세뇌된 여성에 대해 다룰 필요성을 느껴 이렇게 의도한 것이라고 짐작하게 되었고, 이 작품이 지닌 주제가 페미니즘 서사를 더욱 풍부하게 확장해 내리라고 믿는다. 이 작품의 가능성을 더 밀고 나가셨으면 한다. 약간의 조언을 덧붙이자면, 의도한 바가 그와 다르게 작품이 지닌 한계처럼 구현된다는 점은 고민해 볼 만하다. 사랑스러운 우리의 '연옥'이 조금 더 멀리 발을 내디뎌 봐도 좋을 것 같다. 조금만 더 수정 및 보완하면, 좋은 작가가 되시리라고 생각하며 응원을 보낸다.

본심에 올랐지만, 가작에 이르지 못한 「점, 선, 면」(김성배)의 경우, 인물이 입체적으로 살아 숨 쉬고 있다는 점이 큰 장점인 작품이었다. 앞이 잘 보이지 않는 '오'와 그것을 알아채는 '양'의 관계성 역시 매우 흥미로웠다. 그러나 선악의 구도가 너무나 선명하고, 점, 선, 면이라는 비유 역시 기시감을 준다는 것, 메시지 역시 다소 단순하고 그마저도 직접적으로 서술되고 있다는 점이 아쉬웠다. 기성작가의 구체적인 작품이 떠오른다는 점 역시 문제로 제기되었다. 하지만 소설의 전반적인 분위기와 인물의 구체성이 작품에 몰입하도록 만드는 힘이 있는 소설이었다. 결말 또한 다소 단순하여 가작으로 선정하기에는 약간 미흡한 부분이 있었다. 그러나 작가가 지니고 있는 매력이 분명한 소설이었고, 그 점에 좀 더 집중하여, 특히 '오'라는 인물에 좀 더 분량을 할애하여 구성한다면 우수한 작품이 되리라고 생각한다.

본심에 올라온 「문콕」(정회웅)은 '문콕'이라는 작은 소재를 구심점 삼아 인식하기 어려운 미묘한 내상을 톺아 나가는 완성도 높은 소설이었다. 몇몇 오타나 비문이 눈에 띄었지만, 인물 간의 관계가 세심히 설정되어 있었고 균형 잡힌 감정 묘사 역시 적절했다. 중심인물인 '승채'가 역으로 추궁하는 입장이 되는 전환 역시 세련되게 스산한 분위기를 창출해 냈다. 경제적으로 부유한 장인, 장모의 지원을 받기 때문에 그들의 비위를 맞추면서도, 그 대가로 종종 모욕받으며 "아무리 애써도 사다리 위쪽에 있는" 이들과의 격차만 선명해지는 데서 오는 공허함을 상징적으로 잘 표현하는 작품이라는 데 이견이 없었다. 다만 계속 마음에 걸렸던 것은, 혼인을 통해 부유층에 속하게 된 중산층의 중년 남성이 느끼는 열등감과 허무감이 소설이 전하려는 주된 정서일 때, 그것이 과연 지금-여기에 꼭 필요한 주제일까 하는 점이다. 더욱 갈급한 문제들이 산적해 있기도 하고, 이미 많이 다뤄져 왔던 이야기이기도 하기 때문이다. 창작자로서 어려운 문제이겠지만, 이 부분에 대해서도 치열하게 고민해 주시면 좋겠다.

　본심에 올라온 「목요일의 집」(오재은)은 충분히 소설적이었지만, 전개 방식이 약간 단순했다. 인물 간의 관계 역시 헐거운 탓에 전반적으로 늘어지는 인상을 주기도 했다. 그러나 빈집을 전전하는 준성과 '나'가 보이는 담담한 태도는 비극을 과장하지 않고도 머물 곳이 없어 떠도는 청소년들의 비애를 적실하게 표현해 주었다. 냉혹한 세계가 이들을 어디로 내몰고 있는지, 담론 차원에서 논하지 않고 한 개인의

삶으로 덤덤히 묘사하려 하는 점 역시 큰 장점이었다. 가독성 좋은 단문도 이를 잘 뒷받침해 주었다. 개성적인 분위기를 자아낼 수 있다는 것 또한 작가의 믿음직한 재능이라는 생각이 들었다. 다만 준성과 나의 중첩을 의도한 듯한 결말은 충분한 설득력을 갖추지 못하고 있었다. 해석의 여지를 열어 둔다기보다는, 작가가 책임질 만한 결론을 만들지 못한 상태로 읽혔다. 묘사의 디테일이 떨어지는 대목들에서는, 숙소를 공유하는 가출 청소년의 삶에 대해서 자세히 연구하지 않은 것 같다는 의심이 들기도 했다. 속속들이 알려고 하지 않는 태도와 절제된 서술 역시 매력적이기는 하지만, 그것이 때론 정확히 알아낼 수 없을 것이라는 확신에서 비롯된 다소 무책임한 방임처럼 느껴지기도 한다는 점도 고민해 보시기를 권한다.

「오카리나」와 「키스」(옥채연)는 작가의 개성과 관점, 문체와 문제의식이 모두 신뢰할 만하다는 것을 입증하는 작품이었다. 하고자 하는 이야기가 많아 종종 산만해질 때도 있지만, 길을 잃었을 때의 묘사 역시 탁월했다. 「오카리나」의 경우 줄거리만 정리했을 때는 딱히 새로울 것 없는 서사였다. 그럼에도 불구하고 소설로 완성되었을 때 사람을 잡아끌며, 찝찝하고 서글픈 감정을 오래 남긴다는 데 심사위원 모두 동의했다. 작가가 소설에 등장시킨 단어를 허투루 소비하지 않고 끝까지 책임지려 했으며, 작품에 등장하지 않는 인물의 내력까지 하나하나 세심하게 고민했으리라는 것을 짐작할 수 있었다. 다만, 화자인 '나'가 나이에 비해 지나치게 유아적이거나 때로는 너무 성숙하게 묘사되기도 하여 어조가 고르지 못한 데가 있었다. 물론 이 역시 정신적 외상으로 인한 반응으로 해석될 여지가 있기는 하다. 대상으로 선정할 만한 완성도를 갖추었는가, 기성작가의 작품과 비교하여 특출난 새로움을 가지고 있는가에 대해서 오래 논의하기는 했으나, 이 작가의 활동을 지지하고 싶다는 데 의견이 모였다. 단, 나의 경우 작가의 두 작품 중 「키스」를 더 지지했다. 청각장애를 가진 엄마와, 그와 단둘이 살았기 때문에 소리 낼 필요성을 느끼지 못하는 어린 딸인 '나', '나'가 말을 하게 만들어야 하는 방문 교사 '미희', 이 세 사람의 관계성이 너무나 매력적이었다. 이 소설이 지닌 문제의식 역시 「오카리나」보다 새롭다고 느꼈으며, 기성의 소설에서 보지 못했던 개성이 가득하다고 판단했다. 특히 무릎 꿇고 창을 닦는 미희와, 반대편에서 바깥의 창을 문지르며 미희와 손을 맞댄 엄마, 그리고 그 둘이 지금 키스를 하고 있다고 생각한 '나'가 소외감과 고독감을 느끼며 비명을 질러 미희를 부르는 장면은 탁월하게 아름다웠다. 이 장면 하나만으로도 이 소설의 가치를 다 입증한 듯했다. 하지만 결말부의 사족이 길다는 점, 외화라고 할 법한 남편과의 서사가 불필요하다는 점에 깊이 동의했다. 특히 남편이 작성한 글이 소설에 통으로 삽입되어 있을 때는 습작 같다는 인상을 주기도 했다. 그러나 작가가 지닌 세상과 인물을 바라보는 따뜻하고 세심한 시선, 새롭고 색다르게 표현할 줄 아는 묘사력, 여성 서사를 확장하려는 시의적절한 문제의식에 기대하게 되었다. 깊고

넓은 사랑이 소설에 가득 담겨 있다는 점을 확신할 수 있었다. 옥채연 작가가 오래오래 좋은 작품을 써 주시기를 바란다. 그것을 따라 읽는 기쁨을 고대하고 있다.

  수상한 작가 모두에게 축하를 전한다. 기쁨을 오래 누리셨으면 한다. 그리고 행복하게 작품 활동을 이어 나가시기를. 좋은 소설을 오래, 또 많이 써 주시기만을 바라고 있다. 오래 따라 읽는 성실한 독자가 될 것을 약속한다.

문학 웹진 LIM

여기, 뚫고 나오는 이야기의 숲

문학 웹진 LIM 등단 여부 및 장르에 구애받지 않는
여기의 젊은 작가들을 위한 연재 플랫폼입니다.
장·단편소설, 대담, 에세이 등 이채로운 작품을
요일마다 만날 수 있습니다.

림LIM 웹진에 연재한 작품 중 일부를 엮어
젊은 작가 소설집 일 년에 두 권 출간합니다.

시 림LIM 문학 웹진 LIM에서 새롭게 시작하는 시인선 시리즈.
자기만의 세계가 확고한, 다양한 표정을 가진
시를 소개합니다.

ILLUST LIM 일러스트레이터의 작품으로
단편소설 한 편을 새롭게 엮습니다.

림LIM 장편 장르와 형식의 경계를 자유롭게 넘나드는 서사,
낯선 감각과 실험적 언어를 통해 작가들이 구축한
새로운 세계를 담아냅니다.

'-림LIM'은 '숲'의 뜻을 더하는
접미사이자 이전에 없던 명사입니다.   **www.webzinelim.com**

2025 제2회 림 문학상 수상작품집

초판 1쇄 발행	2025년 11월 24일

지은이	옥채연·안덕희·오재은·전예진·정회웅

기획실	정진우·정재우	마케팅 홍보	고다희
주간	김종숙	디지털콘텐츠	구지영
책임편집	정소영	제작	윤준수
편집	김은혜·김혜원	영업관리	고은정
디자인	강희철	회계	이원희

표지·본문 디자인	굿퀘스천
제작처	영신사

펴낸곳	열림원
펴낸이	정중모·방선영
출판등록	1980년 5월 19일(제406-2000-000204호)
주소	경기도 파주시 회동길 152
전화	031-955-0700
팩스	031-955-0661
웹진	www.webzinelim.com
이메일	editor@yolimwon.com	webzinelim@yolimwon.com
인스타그램	@yolimwon	@webzinelim

ⓒ 옥채연·안덕희·오재은·전예진·정회웅, 2025.

ISBN 979-11-7040-351-7 04810
ISBN 979-11-7040-300-5 (세트)

저자와 출판사의 서면 허락 없이 내용의 일부를 무단 사용하거나 발췌하는 것을 금합니다.
책값은 뒤표지에 있습니다. 잘못된 책은 구입하신 곳에서 교환해드립니다.